마크 트웨인을 읽다

세계문학을 읽다 16

마크 트웨인을 읽다

김형훈 지음

MARK TWAIN

머리말

'촌철살인(寸鐵殺人)'은 짧은 말이나 글로 상대방의 허를 찌르거나 마음을 움직인다는 뜻의 사자성어이다. 마크 트웨인의 명언이나 어록이 지금까지 사람들의 입에 오르내리는 것은 그의 글에 분명 이러한 힘이 있다는 증거일 것이다.

마크 트웨인의 소설은 미국 사회를 뒤흔들었다. 쉽고 재미있게 읽을 수 있는 내용이지만, 물질주의와 탐욕으로 가득한 사람들의 위선을 비판하고 풍자하며 병든 미국 사회를 반성하게 했다. 또 그의 작품은 당시 미국의 고유한 언어와 문화를 충실하게 구현해 미국 문학이 유럽 문학의 아류라는 평가를 뛰어넘을 수 있게 했다. 그는 다양한 계층과 지역을 직접 체험한 경험을 글 속에 녹여내어 당시 미국을 아주 사실적으로 묘사했고, 이는 작품에 생생한 현실감을 부여해 미국인들의 일상과 문화를 문학적으로 승화했다.

그는 미국의 정치와 제국주의적 침략을 날카롭게 비판한 독설가로도 유명했다. 누군가에게는 그것이 불편했을 수도 있겠지만, 소수를 대표하고 다양한 계층을 대변한 그의 노력은 민주주의라는 균형 있는 체제를 유지할 수 있는 원동력이 되었을 것이다.

그 결과, 오늘날 마크 트웨인은 미국 문학의 아버지, 미국을 대표하는 국민 작가로 불리고 있다. 이를 보면 그의 작품이 미국과 미국인들의 삶에 얼마나 큰 영향을 미쳤는지 짐작할 수 있다.

《톰 소여의 모험》은 장난꾸러기 소년 톰과 친구들이 펼치는 여러 모험을 다룬 이야기이다. 어른들이 정해놓은 규칙과 억압의 틀을 넘나드는 소년들의 행동은 불안할 때도 있지만 유쾌하고 흥미롭다. 모험을 통해 성장해 가는 소년들과 위기를 극복하고 부자가 되는 톰의 에피소드는 잊었던 어린 시절의 순수함과 호기심을 떠올리게 한다. 청소년과 어른, 모두를 위한 이야기라 할 만하다.

《허클베리 핀의 모험》은 톰 소여의 친구인 허클베리 핀을 주인공으로 한 새로운 모험 이야기이다. 이 작품에서도 허클베리 핀은 여전히 말썽꾸러기이며, 자유로운 영혼의 소유자다. 그는 도망 노예인 짐을 만나 뗏목을 타고 강을 따라가면서 수많은 경험을 하게 된다. 그가 새로운 도시에서 새로운 사람들을 만나며 점점 성장하고, 흑인인 짐을 노예가 아닌 한 인간으로 바라보고 존중하게 되는 과정을 따라가다 보면 당시 미국 사회의 노예제가 얼마나 비인간적이었는지, 또 마크 트웨인은 그러한 현실에 무슨 말을 하고 싶었는지 생각해 볼 수 있다.

《왕자와 거지》는 똑같은 외모를 가지고 같은 날 태어난 두 소년의 지위가 바뀐다는 참신한 발상이 흥미로운 소설이다. 거지는 왕자가 되고 왕자는 거지가 되는 모습을 통해 당시 영국의 분열된

계급사회를 비판한다. 하루아침에 거지가 된 왕자가 우여곡절을 겪으며 다시 왕이 되기 위해 돌아오고, 그런 그에게 자신의 신분을 고백하며 자리를 내놓는 거지의 모습은 작품이 발표된 시기의 미국인들은 물론 현대의 우리에게도 강렬한 메시지를 전달한다.

《미스터리한 이방인》은 중세 유럽을 배경으로 벌어지는 기묘한 이야기이다. 사탄의 이름을 가진 천사가 소년들 앞에 나타나 던지는 날카로운 질문은 때로는 아프고 때로는 두렵다. 작품 곳곳에 드러나는 인간에 대한 비판적 시각과 운명에 대한 허무주의적 시선은 이전 작품들과 같은 작가가 맞는지 의심스럽기까지 하다. 마크 트웨인은 끝내 이 소설을 완성하지 못했지만, 바로 그 점이 독자들 나름의 상상이 더해질 수 있는 여백이 된 이야기이다.

이 네 편의 이야기에서 마크 트웨인의 놀라운 글솜씨와 날카로운 풍자를 발견할 수 있기를 바라며 글을 썼다. 이 책을 발판 삼아 작품 원문을 찾아 읽는다면 당시 미국과 미국인의 모습을 더 생생하게 느낄 수 있을 것이다. 나아가 그의 작품이 시대를 뛰어넘어 우리 사회에 던지고 있는 메시지를 알아차릴 수 있다면 더욱 좋겠다.

차례

머리말   4

01 마크 트웨인의 삶과 작품 세계   8

02 마크 트웨인 작품 읽기   30

    톰 소여의 모험   32
    허클베리 핀의 모험   68
    왕자와 거지   94
    미스터리한 이방인   116

01

마크 트웨인의 삶과 작품 세계

새뮤얼 랭혼 클레멘스(Samuel Langhorne Clemens). 1835년 미국 중서부 미주리주의 작은 마을 플로리다에서 태어난 그는 '미국 문학의 아버지'라는 평가와 함께 미국 문학을 대표하는 작가로 손꼽힌다.

  2008년 7월 미국 시사 주간지 《TIME》은 연례 기획으로 진행한 '미국을 만들어낸 역사적 인물' 중 일곱 번째로 마크 트웨인을 선정했다. 앞서 선정된 인물로는 제퍼슨, 링컨, 케네디, 루스벨트 등 미국을 이끌었던 대통령이 많았는데, 이들과 작가인 마크 트웨인이 같은 반열에 선 것만으로도 미국에서 그의 역사적 위치가 어느 정도인지 짐작할 수 있다. 《TIME》은 마크 트웨인을 선정한 이유 세 가지를 다음과 같이 밝혔다.

- 사람들의 정치관을 바꿔놓았다.
- 인종 문제에 있어 선견지명을 가지고 있었다.
- 작품을 통해 오늘의 미국 독자들에게 가르침을 주었다.

그리고 편집인 리처드 스텐겔은 아래와 같이 부연 설명했다.

마크 트웨인은 미국의 정치·문화의 역동적인 전통을 이해하도록 해 주었으며, 점잖은 비평가 중 상당수가 논평하기 싫어하고 말하기 껄끄러워하는 진실을 발언할 수 있는, 우리의 집단 무의식과 같은 별난 사람이었다. 또한 그는 작품 《허클베리 핀의 모험》으로 지난 세기 동안 인종 관계를 형성하는 데 도움이 된 문학적 저술가의 DNA를 창시해 낸 작가이기도 하다.

자신이 창작한 작품이 주변 사람들에게 긍정적인 영향을 미치는 수준을 넘어 사회를 변화하게 만드는 하나의 계기가 된다면, 그것은 작가에게 더없이 영광스럽고 기쁜 일일 것이다. 그렇다면 마크 트웨인의 작품에는 과연 어떤 매력이 있기에 '미국 문학의 정수'라 불리며 극찬을 받을 수 있었던 것일까? 지금부터 그의 삶과 작품을 살펴보면서 그 답을 찾아보자.

그를 알린 이름, 마크 트웨인

그가 '마크 트웨인'이라는 필명을 사용하게 된 것은 1863년, 그의 나이 28세 때이다. 이 필명에는 그가 20대 때 미시시피강에서 증기선 수로 안내인으로 일할 때의 경험이 녹아 있다. 증기선이 강 위를 다니거나 항구에 들어설 때 배가 파손되지 않으려면 물이 얼마나 깊은지 알아야 했는데, 수로 안내인은 이를 측정해 배가 안전하게 지나갈 수 있도록 안내하는 역할을 했다. 마크 트웨인(Mark Twain)에서 'mark'는 수심을 나타내는 표현이고, 'twain'은 'two'의 다른 표현이다. 즉 'Mark Twain'은 물의 깊이가 2패덤(fathom: 패덤은 깊이의 단위로, 주로 바다의 깊이를 재는 데 쓴다. 1패덤은 약 1.83미터에 해당하므로, 2패덤은 약 3.66미터)으로 항해하기에 적합하다는 것을 의미한다. 이를 필명으로 삼을 만큼, 그에게는 수로 안내인으로 살았던 경험이 인상적이었던 듯하다.

수로 안내인 시절은 마크 트웨인에게 작가로서의 자산을 쌓는 성장의 시기였던 것으로 보인다. 그는 《Life on the Mississippi(미시시피에서의 생활)》(1883)에서 이 시기를 회상하며 "나는 강의 모양을 배우기 위해 일하러 갔다. 내가 파악하려고 했던, 이해되지 않고 포착하기 힘든 모든 사물 가운데 강은 가장 어려운 상대였다."라고 표현하고 있다. 강을 따라 물길을 오르내리며 매 순간 변화하는 자연의 모습과 그 안에서 살아가는 사람들을 관찰하는 일은 작가로서의 밑바탕을 쌓는 소중한 경험이었을 것이다. 그의 대표작인 《톰 소여의 모험》이나 《허클베리 핀의 모험》에서 강이 작품의 배경으로 중요한 역할을 하는 것도 이 시기 그의 경험이 특별했음을 의미한다.

마크 트웨인의 어린 시절

마크 트웨인은 4남 3녀 중 다섯째로 태어났다. 그의 가족은 그가 네 살 때 미주리주 미시시피 강변의 한니발(Hannibal)이라는 작은 도시로 이주한다. 한니발은 마크 트웨인의 대표작인 《톰 소여의 모험》의 배경이 된 곳이다. 또 이곳은 당시 미국 사회의 모습을 한눈에 볼 수 있는 지역이기도 했다. 미시시피강을 중심으로 여러 산업과 교역이 활발히 이루어졌고, 이 때문에 다양한 인간 군상들이 몰려들었으며, 빈부의 격차나 노예제도 등 사회적 문제들이 존재했다. 이는 마크 트웨인이 자신의 작품 세계를 구축하는 데 지대한 영향을 미쳤다.

아버지 존 마셜 클레멘스는 한니발에서 법원 서기로 자리를 잡고 인정을 받았지만, 빚보증을 잘못 서는 바람에 파산에 이르고 만다. 이때의 충격으로 아버지가 쓰러져 결국 사망하고, 경제적으로 어려운 상황에 처한 마크 트웨인은 학교를 그만두고 인쇄소에서 견습공으로 일하기 시작한다.

어린 나이에 아버지를 잃은 그는 어머니에게 많이 의지했다. 그는 자서전에 "어머니의 마음은 무척이나 넓어서 모든 사람의 슬픔과 즐거움이 기꺼이 자리 잡고 환영받았다."라고 표현했는데, 이렇게 타인에게 상냥하며 따뜻한 도움의 손길을 내밀 줄 아는 어머니의 모습은 그에게 많은 영향을 끼쳤을 것이다.

어머니가 세인트루이스 거리를 걷고 있을 때였다. 마차를 끌던 우람한 체격의 남자가 묵직한 채찍을 머리 위로 번쩍 들어 올렸다가 자신의 말을 내리치는 장면을 보고 어머니는 소스라치게 놀랐다. 어머니는 그 사람에게서 채찍을 빼앗고는 아무 잘못도 없이 폭력을 당한 말의 편에 서서 너무나 설득력 있게 호소했고, 급기야 그 남자는 말을 더듬으며 자신이 잘못했다고 말했다. 그리고 시키지도 않았는데, 다시는 말을 학대하지 않겠다고 약속까지 했다.

-《마크 트웨인 자서전》에서

우람하고 폭력적인 남자가 동물을 학대하는 상황에서 굴하지 않고 나설 수 있는 용기, 그리고 그런 사람을 설득해 스스로 잘못을 시인하게 할 정도로 훌륭한 말솜씨를 갖춘 어머니의 모습. 이는 강연장에 모인 사람들을 힘 있는 말로 사로잡거나 불의를 참지 않고 자신의 의견을 당당히 이야기했던 마크 트웨인의 모습과 겹쳐 보인다. 이처럼 부모가 보여주는 삶의 궤적은 자식에게 그 어떤 교육보다 값지고 큰 가르침이 될 수 있다.

어린 시절 마크 트웨인에게 영향을 준 장소를 꼽자면 삼촌의 농장을 빼놓을 수 없을 것이다. 그의 삼촌은 플로리다에서 6킬로미터 정도 떨어진 전원에서 농사를 지었는데, 마크 트웨인의 가족이 한니발에 살 때 1년에 두세 달은 삼촌 집에서 머물렀다고 한다. 마크 트웨인이 삼촌이나 숙모를 작품에 등장시킨 적은 없지만, 삼촌의 농장을 연상할 수 있는 배경은 《톰 소여의 모험》이나 《허클베리 핀의 모험》에서 확인할 수 있다.

> 삼촌네 농장은 아이들에게 정말 천국 같은 곳이었다. 통나무를 겹겹이 쌓아 지은 집에는 넓은 마루와 부엌이 연결되어 있었다. 여름에는 시원한 바람이 솔솔 부는 마루 한가운데에 식탁을 놓고 온갖 음식을 즐기곤 했다. 그때 생각만 하면 눈물이 날 것 같다. 닭튀김, 구운 돼지고기, 칠면조 요리, 오리고기, 거위고기, 막 잡은 사슴고기, 다람쥐고기, 토끼고기, 메추라기…… 나머지는 기억조차 할 수 없다. 가장 훌륭했던 것은 요리하는 방법이 아니었나 싶다.
>
> 농장에서 사촌들과 함께 보냈던 날들은 황홀하기 그지없었고, 그 추억 또한 그렇다. 장엄하게 깔리는 땅거미와 깊은 숲의 신비를 떠올릴 수 있고, 흙냄새, 야생화에서 풍기는 아련한 꽃 냄새, 비로 씻긴 잎에서 나는 광택, 나무가 바람에 흔들리면서 후드득 떨어지는 물방울 소리, (중략) 잔디 사이를 날쌔게 움직이는 야생동물의 흘끔거리는 눈초리 등이 생각난다.
>
> ―《마크 트웨인 자서전》에서

당시 평범한 미국 농장 생활의 평화로움과 풍요로움이 느껴지는 듯하다. 안전한 집과 넉넉한 먹거리, 따뜻한 친척들과 함께 지낸 기억은 그를 행복하고 장난기 넘치는 어린아이로 자라게 했을 것이다. 또 자연 속에서 보고 느낀 것들과 사촌들과 뛰어놀면서 배운 많은 것들이 그의 작품 속 어린 주인공들의 용기와 모험심에도 그대로 투영되었을 것이다. 특히 삼촌네 농장의 흑인 노예인 '다니엘 아저씨'와의 기억은 노예를 바라보는 그의 가치관에도 많은 영향을 주었다.

> 아저씨를 보지 못하게 된 지도 벌써 50년이 지났다. 하지만 정신적으로는 여전히 많은 시간을 함께하면서 아저씨의 이름인 다니엘과 짐이라는 이름으로 내 작품 속에 등장시켜 한니발로, 급류를 따라 미시시피강으로, 심지어는 풍선을 타고 사하라사막을 횡단하기까지 늘 끌고 다녔다. (중략) 아저씨가 속한 인종에 강하게 끌렸고, 또 그들의 훌륭한 특성들을 이해할 수 있게 된 것도 바로 이 농장에서였다.
>
> −《마크 트웨인 자서전》에서

어린 시절에 마크 트웨인이 겪은 흑인 노예에 대한 경험은 이후 노예제 반대를 외치는 목소리로 자연스럽게 이어졌을 것이다. 순수한 어린아이의 시선으로 노예들을 바라보고 그들과 감정을 교류했던 기억은 이후 마크 트웨인의 작품에 고스란히 녹아들었으며, 이러한 문학적 특징과 그 성과가 그를 미국을 대표하는 작가로 만들었다고 해도 과언이 아닐 것이다.

작가 생활을 시작하다

18세에 한니발을 떠난 마크 트웨인은 뉴욕, 필라델피아, 세인트루이스, 신시내티를 떠돌며 신문사 수습기자 생활을 한다. 당장 경제적인 문제를 해결해야 했기에 정규교육을 받거나 꿈을 좇아 무언가에 매달리지는 못했지만, 저녁마다 공공도서관에서 책을 읽으며 쌓은 지식은 그의 작가 생활에 단단한 기반이 되어주었다.

이후 그는 미시시피강에서 증기선 수로 안내인으로 일했는데, 1861년에 남북전쟁이 일어나면서 그의 삶은 새로운 국면을 맞게 된다. 미시시피강을 기준으로 강의 동쪽은 북부, 서쪽은 남부에 속했기에 증기선의 이동이 멈출 수밖에 없었기 때문이다. 항구는 폐쇄되었고, 그는 일자리를 잃고 고향으로 돌아간다. 고향으로 돌아온 그는 미주리주 지역 민병대에 가담한다. 그러나 특별한 목적의식을 가지고 전쟁에 참여한 것은 아니었다. 같은 미국인을 향해 총부리를 겨눠야 하는 참담한 상황에 환멸을 느낀 그는 결국 2주 정도의 짧은 군대 생활을 뒤로한 채 탈영했고, 네바다주로 떠나는 형을 따라 미국 서부로 향한다.

형을 따라간 마크 트웨인은 당시 금광 열풍에 편승해 사업에 뛰어들었지만, 투자에 실패하고 만다. 그 뒤 본인의 경험을 살려 지역 신문사에 취직해 글을 쓰게 된다. 당시 그는 자신의 기사를 읽어줄 독자를 확보하기 위해 기사를 재미있게 쓰려고 애썼는데, 이

때 미국 남부 작가들이 즐겨 사용했던 '톨 테일(tall tale) 기법'을 사용했다. 이 기법은 미국 민속 문학의 기본 요소로, 실제보다 과장해서 이야기하는 기법을 말한다. 등장인물이나 상황을 우스꽝스럽게 묘사하여 재미를 유발하기 위해 사용하는데, 이는 그의 작품들에 유머와 풍자가 자연스럽게 녹아나는 기초가 되었다.

그는 1865년에 《캘라배라스 군(郡)의 유명한 뜀뛰는 개구리(The Notorious Jumping Frog of Calaveras County)》라는 단편집을 펴냈는데, 이것이 유쾌하고 재미있는 내용으로 사람들에게 인기를 끌면서 점차 마크 트웨인이라는 필명이 세상에 알려지기 시작한다. 이후 그는 잡지사의 요청으로 하와이 사탕수수밭을 취재하거나 집필을 위해 유럽 여행을 떠나는 등의 활동을 이어나갔고, 여행과 관련한 단행본을 출간하며 본격적인 작가의 길에 들어선다.

아내 올리비아를 만나다

마크 트웨인의 아내 올리비아 랭든 클레멘스는 뉴욕 엘마이라 지역의 석탄 사업가 저비스 랭든의 딸로, 부유하고 진보적인 집안에서 자랐다. 사회 활동을 활발히 하기 어려웠던 당시 미국 여성들과 달리 올리비아의 어머니는 자선단체나 여성사회단체 활동에 적극적으로 참여했고, 올리비아는 그런 어머니의 가정교육과 대학교육 덕분에 진보적인 여성으로 성장할 수 있었다. 이후 그녀는 《톰 아저씨의 오두막》의 저자인 해리엇 비처 스토(Harriet Beecher Stowe)와 함께 하트퍼드 여성사회그룹의 중심 멤버가 되어 1877년 하트퍼드예술학교를 설립하는 등 사회 개혁에 앞장섰다.

 마크 트웨인은 지중해를 여행할 때 그녀의 오빠인 찰스 저비스 랭든을 만났는데, 그가 보여준 올리비아의 사진을 보고 첫눈에 반해버린다. 그 뒤 마크 트웨인은 뉴욕을 찾아가 올리비아를 만났고, 5개월간 184통의 연애편지를 주고받을 정도로 그녀에게 적극적으로 다가간다. 하지만 그녀는 그의 청혼을 쉽게 받아주지 않았고, 그녀의 부모 역시 둘의 결혼을 허락하지 않았다. 그러나 그는 포기할 줄 몰랐고, 그 열정에 하늘이 감동한 것인지 그녀의 집에 방문했다가 떠나려는 순간 행운이라고 할 만한 사건이 일어난다.

 찰리와 나는 현관문에서 가족들에게 작별 인사를 하고 밖으로 나와 마차에 올라탔다. 우리는 마부 뒤쪽 빈자리에 앉았는데, 마차의 끝부분 쪽 임시 좌석으로 고정이 되어 있지 않은 자리였다. 내게는 정말 더할 나위 없이 운이 좋은 자리였지만, 앉을 당시에는 그 사실을 전혀 몰랐다. 그때 마부가 말에게 채찍을 갖다 댔고 말은 갑자기 앞으로 뛰어올랐다. 찰리와 나는 마차 뒤쪽으로 거칠게 튕겨 나갔다. (중략) 움푹 파인 부분을 마차가 지나가는 바람에 머리를 부딪친 것이었다. 움푹 파인 부분에는 새 모래가 반쯤 차 있었기 때문에 이것이 완충 역할을 해 심하게 부딪치지는 않았고 타박상이나 쇼크도 없었다. 나한테는 아무런 문제가 없었다. (중략) 그 사건 때문에 3일 동안 더 머무를 수 있었고, 이 시간은 내 계획에 많은 도움이 되었다. 나의 구애를 한 발짝 진척시킬 수 있었기 때문이다.

-《마크 트웨인 자서전》에서

그렇게 둘은 1870년 2월 2일 결혼식을 올렸고, 인생의 마지막 날까지 서로를 의지하며 함께 살아간다. 올리비아는 마크 트웨인이 작품 활동에 전념할 수 있는 환경을 만들어주었을 뿐만 아니라 원고에 대해 조언하거나 교정을 도와주는 등 편집자로서의 역할도 해주었다. 그런 아내가 있었기 때문에 마크 트웨인이 작가로서 큰 성공을 거둘 수 있었다고 해도 과언이 아닐 것이다.

둘은 1871년 코네티컷주의 하트퍼드로 이사하여 저택을 짓고 함께 단란한 생활을 이어간다. 3층으로 지은 대저택에는 25개의 방이 있었고, 벽 속에 통화 파이프를 설치하여 집 안에서도 통화가 가능했다. 마크 트웨인은 이 시기의 삶이 가장 행복했다고 회상한다. 경제적으로 안정된 환경에서 작품 활동에 전념할 수 있었고, 그를 대표하는 작품들도 대부분 이 시기에 창작되었다.

미주리주에서의 삶과 추억을 바탕으로 한《톰 소여의 모험》(1876),《미시시피에서의 생활》(1883),《허클베리 핀의 모험》(1884)이 이 시기에 발표되었고, 특히《허클베리 핀의 모험》은 '미국 문학의 정수'라고 표현될 정도로 극찬을 받는다. 또한 《왕자와 거지》 (1881), 《아서왕 궁전의 코네티컷 양키》(1889) 등 현재까지도 사랑받는 작품들을 세상에 내놓으면서 작가로서의 명성을 얻게 된다. 이는 마크 트웨인의 작가적 역량이 뛰어났기 때문이기도 하지만, 앞서 말했듯 그를 믿고 지지해 준 아내와의 행복한 가정생활이 뒷받침되었기 때문에 가능한 일이었을 것이다.

투자와 실패

10월은 주식 투자를 하기에 특별히 위험한 달이다. 7월과 1월, 9월과 4월, 5월과 3월, 6월과 12월, 8월과 11월, 그리고 2월도 그렇다.

마크 트웨인이 주식 투자에 관해 남긴 말이다. 결국 주식 투자는 언제 하든 위험하다는 뜻이다. 실없는 농담 같기도 한 이 말은 사실 마크 트웨인의 인생과 무척 잘 맞아떨어진다. 그는 작가로서의 재능과 열정은 매우 뛰어났지만, 투자에는 영 소질이 없었다. 그런 면이 오히려 인간적으로 보일 수도 있지만, 그렇다기에는 경제적 손실이 상당했다. 그는 계속되는 투자 실패로 빚까지 지고 만다.

당시 미국은 골드러시* 열풍에 힘입어 광산 관련 회사의 주식이 증권시장에서 관심이 높았고, 관련 주식에 많은 사람이 투자했다.

당연히 투자에 성공하거나 큰 수익을 낸 사람도 있었지만, 유독 마크 트웨인에게는 사기꾼이 꼬이는 등 불행이 따라다녔다. 금광 관련 주식 투자로 2만 5천 달러를 손해 봤다는 기록이나 오리건 철도 회사의 주식을 주당 78달러에 대량 구매했다가 12달러에 되팔았다는 기록을 보면 그의 투자 안목이 그리 높지 않았음을 알 수 있다.

넘치는 호기심 때문에 발명품과 관련한 사기를 당한 적도 있었다. 마크 트웨인은 발명이나 특허에 관심이 많아 여러 가지 물건을 직접 만들어내기도 했는데, 그중 풀이 발라져 있는 스크랩북으로 꽤 많은 돈을 벌었다. 그렇게 한창 성공에 대한 욕망을 키워가고 있는 이때, 그에게 제품 개발에 대한 매력적인 아이디어를 제공하는 사람들이 다수 접근했다. 마크 트웨인은 그중에서 제임스 페이지의 아이디어인 '페이지 식자기'에 거금 20만 달러를 투자한다. 그것은 자동으로 식자(글자)를 교환해 가면서 인쇄를 할 수 있는 기계였는데, 당시에는 혁신적인 기술이 될 수 있는 아이템이었지만 비슷한 기계가 먼저 개발되는 바람에 결국 큰 손해를 보고 말았다. 엎친 데 덮친 격으로 1893년 미국 경제공황의 여파 때문에 그가 경영하던 웹스터 출판사가 문을 닫게 되었고, 마크 트웨인은 재산 전부를 넘기고도 채무가 남아 결국 파산 신청을 하게 된다.

- **골드러시**(gold rush) 새로운 금 산지가 발견되어 많은 사람들이 그곳으로 몰려드는 현상. 1848년 미국 캘리포니아에서 금광이 발견되면서부터 1870년대까지 발생한 '금광 붐'을 이르는 말이다.

그런 그를 위기에서 구원해 준 사람은 '스탠더드 오일'의 대표인 헨리 H. 로저스였다. 그는 출판사 파산과 채무에 관해 적극적인 지원을 아끼지 않았으며, 작가로서의 인생에 대해서도 많은 조언을 해주었다.

> 사업에는 정당화된 자체의 법칙과 관습이 있습니다. 하지만 문인에게는 평판이 곧 생명입니다. 돈 없이는 살아갈 수 있지만, 인격 없이는 살아갈 수 없습니다. 그러므로 빚은 남김없이 다 벌어서 갚아야 합니다.
>
> –《마크 트웨인 자서전》에서

로저스의 조언대로 마크 트웨인은 작가로서의 명예를 지키기 위해 채무를 갚을 계획을 세운다. 전 세계를 도는 강연 일정을 잡았고, 채권자들을 설득해 부채를 갚을 시간을 벌면서 저작권을 지켜냈다. 이후 그는 1895년 7월부터 빽빽한 강연 일정을 소화해 나갔고, 여기서 발생한 수익은 모두 로저스에게 보냈다. 로저스는 이 수익을 관리하여 3년 만에 마크 트웨인이 빚을 모두 청산할 수 있게 해주었다. 게다가 단순히 빚 청산만 도와주는 데 그치지 않고 남은 돈을 주식에 투자해 이득을 남겨주었다.

마크 트웨인이 전 세계를 돌아다닌 경험을 담은 책《적도를 따라서》(1897)가 3만 부 넘게 팔리면서 그의 경제적인 상황도 점차

나아졌다. 빚을 모두 청산한 1898년부터는 온 가족이 오스트리아로 옮겨 가 빈 근교의 휴양지에 머물렀는데, 여기서도 그는 많은 작품을 남겼다.

가족을 가슴에 묻다

작가로서는 독설가적인 면모나 사회 비판적 성향이 많이 언급되는 마크 트웨인이지만, 가족에게는 늘 따뜻하고 자상했다. 하지만 불행히도 그의 자식들은 너무 일찍 세상을 떠났다. 마크 트웨인은 4명의 자녀를 두었는데, 셋째 클라라를 제외하고는 모두 그보다 먼저 사망했다. 게다가 사랑하는 아내마저도 그보다 앞서 세상을 떠났으니, 가족에 대한 그의 그리움과 상실감이 얼마나 컸을지 미처 헤아리기 어렵다.

장남이었던 랭던 클레멘스는 1870년 11월 7일에 태어나 19개월 만에 디프테리아로 죽었다.

> 아이가 병에 걸린 것은 나 때문이다. 아내가 아이를 돌보라고 맡겼는데, 바깥공기를 쐬게 해준다며 뚜껑이 없는 마차에 태워 장거리 드라이브를 한 것이다. 쌀쌀하고 차가운 아침이었지만, 모피로 잘 감쌌고 신경 써서 보살폈기 때문에 아무렇지도 않을 줄 알았다. (중략) 그

> 끔찍한 아침의 일은 지금도 머릿속에 남아 언제나 내게 죄책감을 안긴다.
>
> ―《마크 트웨인 자서전》에서

 어쩌다 한 번 찬 공기를 쐬었다고 해서 아이가 죽음에까지 이르지는 않았을 것이다. 또 부모인 그가 의도적으로 아이를 죽음으로 내몬 것도 아니었을 터다. 그러나 마크 트웨인은 평생 아들의 죽음을 자신의 탓으로 여기며 죄책감을 안고 살았다.
 자식을 잃은 아픔은 결국 자식으로 잊히는 것일까. 아들이 떠난 해에 태어난 둘째 올리비아 수잔 클레멘스는 마크 트웨인 부부의 사랑을 듬뿍 받으면서 자랐다. 그녀는 '수지'라는 애칭으로 불렸는데, 어렸을 때부터 글을 잘 썼고 감수성이 풍부했다고 한다. 수지는 열세 살 때 아버지에 대한 전기문을 작성했는데, 내용을 보면 사랑스러운 가족의 모습이 떠올라 흐뭇해진다.

 이 글은 아빠에 관한 글이다. 아빠에 관해 쓸거리가 없어서 어려움을 겪을 일은 없다. 아빠는 매우 인상적인 사람이기 때문이다. 아빠의 외모는 그동안 여러 번 묘사되었지만 그리 정확하지 않았다.
 아빠는 아름다운 반백의 머리카락을 가지고 있는데, 숱이 너무 많지도 않고 너무 길지도 않고 적당하다. 코는 콧날이 오뚝한 로마 코인데, 아빠를 더 잘생겨 보이게 만든다. 또 친절해 보이는 푸른 눈과 짧은 콧수염이 있다. 멋진 형태의 머리와 옆얼굴 또한 매우 훌륭한 모습이다. 한마디로 특출하게 잘생긴 사람이다. 아빠의 모습은 완벽하다. 특출한 치아를 가지지 않은 점을 제외하고는 말이다. 아빠의 피부는 희고 턱수염은 기르지 않았다. 아빠는 매우 친절하고 재미있는 사람이다. 성격이 좀 급하기는 하지만, 그건 우리 가족 모두가 가진 특성이다.

아빠는 내가 여태껏 보아온 사람 중에서 가장 사랑스러운 사람이다. 그리고 참, 멍한 사람이기도 하다. 아빠는 우리에게 엄청나게 재미있는 이야기를 들려준다. 아빠가 벽에 걸린 그림에 대한 이야기를 들려주는 동안 클라라와 나는 아빠 의자의 손잡이에 앉아 있곤 한다.

어린 딸의 눈에 아빠의 모습이 멋져 보이고 훌륭해 보인다는 대목에서 마크 트웨인이 자상한 부모의 역할을 잘 해냈음을 알 수 있다. 수지의 글 속에서 딸을 사랑스럽게 바라보며 이야기를 들려주는 행복한 그의 모습이 보이는 듯하다.

마크 트웨인은 수지를 매우 자랑스러워했으며, 그녀의 자서전과 자신에게 쓴 편지들을 모아 책으로 출간하기도 했다. 수지는 어렸을 때부터 그의 원고를 검토하면서 아이디어를 내기도 하고, 어머니가 검토하며 빠뜨린 부분에 대해 아쉬움도 표현할 만큼 문학적 재능이 남달랐다.

그런데 자라면서 아버지의 명성에 부담을 느낀 수지는 작가가 아닌 오페라 가수가 되고 싶다는 꿈을 키운다. 당시 어려운 집안 사정 때문에 대학을 중퇴한 수지는 이후 유럽에서 성악 레슨을 받기도 했으나, 가수로서의 재능이 부족하다는 평가에 좌절한다. 파산한 집안, 떠돌아다니는 삶, 아픈 가족의 모습, 미래에 대한 불안감 등 여러 힘든 요소가 겹치며 그녀의 몸과 마음은 점점 황폐해진다. 그녀는 건강 문제로 마크 트웨인의 세계 일주 강연에 함께하지 못하고 하트퍼드 집에 요양차 머물게 되는데, 이때 뇌수막염에 걸려 급속도로 건강이 나빠지면서 결국 24세의 젊은 나이에 세상을 떠나고 만다. 가족들 모두가 큰 충격에 빠졌고, 특히 마크 트웨인은 그 뒤로 다시는 하트퍼드 집을 찾아가지 않았을 만큼 정신적으로 힘들어했다.

사랑하는 딸 수지가 세상을 떠난 뒤 아내 올리비아의 건강도 점점 악화되었다. 올리비아는 평소에도 잔병치레가 잦았는데, 마크 트웨인의 세계 일주 강연을 도와주면서 집안일도 홀로 도맡아 하는 등 가족을 위해 헌신하느라 정작 본인의 건강은 잘 챙기지 못했던 것으로 보인다. 신경쇠약 증세를 보이고 심장에도 이상이 생긴 그녀는 결국 1904년 6월 피렌체에서 사망한다.

> 아내는 내가 알고 있는 사람 중에서 가장 아름다운 영혼을 가진 사람이었고 가장 고결한 사람이었다. 그리고 이제 그녀는 떠났다.
> —《마크 트웨인 자서전》에서

인간의 운명이 정해진 것이라면 받아들여야 하겠지만, 수지와 올리비아의 죽음은 남은 가족에게 너무도 큰 상처였다. 막내딸인 제인 램프턴 클레멘스 역시 어머니의 죽음에 영향을 받는다. 열다섯 살에 간질 발작을 일으켰던 그녀는 어머니의 극진한 보살핌과 시골에서의 요양으로 건강을 많이 회복한 상태였는데, 어머니가 죽고 난 뒤 요양원과 치료센터에서 생활하면서 다시 앓기 시작한다. 그리고 결국 그녀도 1909년 29세의 나이에 간질 발작으로 인한 심장마비로 사망한다. 가족들의 연이은 죽음은 마크 트웨인에게 깊은 절망감을 안겨주었다.

13년 전에는 수지를 잃었다. 5년 반 전에는 세상에서 가장 소중한 아내를 잃었다. 클라라는 유럽으로 떠났다. 그리고 이제는 진을 잃었다. 한때 너무도 풍요로웠던 내가 지금은 얼마나 가련한가! 가장 친한 친구인 로저스는 7개월 전에 죽었다. (중략) 진은 저기 누워 있고 나는 여기 앉아 있다. 심장이 찢어지는 걸 막으려 바쁘게 글을 재촉하면서.
-《마크 트웨인 자서전》에서

자식들과 아내를 먼저 떠나보낸 마크 트웨인의 마음을 감히 짐작이나 할 수 있을까. 그가 말년에 쓴 작품들은 허무주의적 관점으로 인간의 부정적인 모습에 주목하는데, 이는 가족을 상실한 그의 상태를 대변하는 것으로 보인다.

혜성이 지다

가족들의 죽음으로 극심한 우울증에 시달리던 마크 트웨인은 결국 1910년 75세의 나이로 세상을 떠난다. 장례는 유일하게 남은 그의 딸 클라라가 뉴욕에서 치렀으며, 지인과 팬들이 그의 떠나는 길을 애도했다.

미국 역사에 남을 위대한 소설가이자 비평가, 강연자, 발명가로 다양한 분야에서 존재감을 드러내었던 그는, 마지막 가는 길까지도 사람들에게 강렬한 인상을 남긴다. 그가 태어난 1835년에 핼리혜성이 지구를 지나갔다. 이 사실을 안 마크 트웨인은 아내에게 농담처럼 "나는 핼리혜성과 함께 태어났기 때문에, 다시 핼리혜성이 나타날 때 함께 사라지겠다."라는 이야기를 했다고 한다. 그리고 76년 주기인 핼리혜성이 다시 돌아온 1910년. 마크 트웨인이 사망하기 전날 정말로 혜성이 지구와 가장 근접한 위치였다고 하니, 그는 죽음마저도 특별하게 만드는 천생 작가라 할 만하다.

> 죽음에 대한 두려움은 삶에 대한 두려움에서 비롯된다. 충만한 삶을 살아가는 사람이라도 언제든지 죽을 준비가 되어 있다.
> – 마크 트웨인

02

마크 트웨인 작품 읽기

톰 소여의 모험
The Adventures of Tom Sawyer, 1876

작품의 줄거리

미시시피 강변에 자리한 마을, 세인트 피터즈버그에 살고 있는 톰 소여는 장난꾸러기 소년이다. 부모님이 일찍 돌아가셔서 폴리 이모와 함께 살고 있는데, 이모의 말도 잘 듣지 않는 전형적인 말썽꾸러기다. 톰은 학교에 가는 것보다 친구들과 놀거나 모험을 떠나는 것을 더 좋아한다. 그는 또래인 조 하퍼, 허클베리 핀과 가깝게 지내며 이런저런 모험담을 만들어낸다.

  어느 날 밤, 톰은 사마귀를 뗄 수 있다는 미신을 직접 실행하려고 헉(허클베리 핀)과 함께 밤에 공동묘지에 갔다가 인전 조가 의사 로빈슨을 살해하고 머프 포터에게 누명을 씌우는 장면을 목격한다. 둘은 공포에 떨며 이 사실을 아무에게도 말하지 말자고 맹세하지만, 머프 포터가 감옥에 갇혀 있는 모습을 보며 양심의 가책을 느낀다. 결국 머프 포터의 재판 날, 톰은 변호사를 통해 머프 포터의 누명을 벗기고 인전 조가 살인을 저질렀다는 사실을 증언한다. 인전 조는 마을 밖으로 도망쳤고, 톰과 헉은 그가 찾아와 복수할지 모른다는 두려움을 느낀다.

한편 톰은 자신들을 혼내고 억압하는 어른들에게서 벗어나고 싶은 마음에 조 하퍼, 헉과 함께 미시시피강에 있는 무인도로 떠나 해적이 되기로 한다. 셋은 처음 며칠 동안은 학교에 가지 않고 자유롭게 놀 수 있어 즐거워하지만, 날이 갈수록 집을 나온 걸 후회하게 된다. 그 와중에도 장난기가 발동한 톰은 마을 사람들이 셋의 실종에 슬퍼하다 장례식을 치르는 순간 등장해 마을 사람들을 깜짝 놀라게 만든다.

다시 어느 날, 톰과 헉은 한창 보물찾기 놀이에 빠져 보물이 있을 만한 곳을 찾아다니다가 인전 조가 많은 돈을 숨긴 뒤 더글러스 부인을 해칠 계획을 세우는 장면을 우연히 목격한다. 헉은 인전 조의 계획을 사람들에게 알려 그녀를 구한다. 한편 톰은 베키와 함께 동굴로 소풍을 갔다가 길을 잃어버려 그 안에서 며칠을 헤매던 중 도망친 인전 조를 발견한다. 톰은 기지를 발휘해 베키와 함께 탈출에 성공해 마을로 무사히 돌아온다. 아이들이 동굴에서 위험에 처했었다는 사실에 놀란 어른들은 동굴 입구를 철문으로 막았고, 톰은 뒤늦게 동굴 안에 인전 조가 숨어 있다고 이야기한다. 어른들이 확인해 보니, 인전 조는 동굴 입구에서 죽어 있었다.

이후 톰은 헉과 함께 동굴의 비밀 통로를 찾아 인전 조가 숨겨놓은 금화와 돈을 찾고, 헉과 절반씩 돈을 나누어 갖겠다고 선언한다. 마을의 제일가는 부자가 된 둘은 동네에서 영웅 대접을 받는다. 헉은 더글러스 부인의 후원을 받게 되지만 자유를 구속받는 상황을 견디기 힘들어한다. 그러다 톰의 설득으로 함께 새로운 모험을 떠나자는 계획을 세우며 이야기가 마무리된다.

장난꾸러기 톰

톰의 삶은 장난과 모험으로 가득하다. 어른들 눈에는 한심해 보이기도 하고 어리석어 보일 수도 있겠지만, 그 또래 아이들에게는 더없이 신나고 재미있는 일이다.

> 톰은 2분도 채 지나지 않아 조금 전에 겪었던 불쾌한 일을 모두 깨끗이 잊어버렸다. 그의 고민거리가 어른들이 겪는 불쾌한 일보다 덜 우울하고 덜 고통스러워서가 아니라, 아주 재미있는 일이 떠올라 먼저 있었던 일들을 머릿속에서 지워버렸기 때문이다. 그것은 마치 어른들이 새로운 일을 시작하면 마음이 들떠 이미 겪은 불행한 일을 잊어버리는 것과 같다.

> 폴리 이모에게 꾸중을 듣고 돌아서자마자 톰은 다시 새로운 일

을 생각해 낸다. 대단한 일이 아니라, 단지 멋지게 휘파람을 부는 일이다. 별것 아닌 일이지만, 연습 끝에 휘파람 소리를 제대로 내게 된 톰은 마냥 행복해한다. 톰에게는 이 일이 천문학자가 새로운 유성 하나를 발견한 것보다 더 강렬하고 큰 기쁨이다.

  그런 톰도 하기 싫은 일을 해야 할 때가 있다. 어느 토요일 아침, 폴리 이모에게 담장에 페인트를 칠하라는 벌을 받게 된 톰은 몹시 우울해한다. 신나게 놀려던 계획은 모두 틀어졌고, 잠시 뒤 한가한 아이들이 이 앞을 지나가면서 자기를 실컷 놀려댈 거라는 생각에 몸에서는 열불이 난다. 노예인 짐에게 일을 떠넘겨 보려고도 했지만, 폴리 이모는 톰의 행동을 다 예측하고 그러지 못하게 미리 조치해 두었다. 톰은 결국 우울한 얼굴로 담장에 열심히 페인트를 칠한다. 그러던 중, 톰은 친구들을 부려먹을 기막힌 생각을 떠올리게 된다.

  톰은 잠시 벤을 빤히 쳐다보다가 말했다.
  "일이라니 뭐가?"
  "아니, 그럼 이게 일이 아니고 뭐야?"
  톰은 다시 페인트칠하면서 아무렇지 않게 대답했다.
  "글쎄…… 뭐 일이라면 일일 수도 있고, 아니라면 아닐 수도 있지. 어쨌든 내가 말할 수 있는 건, 이 일이 내 마음에 쏙 든다는 거야."
  "설마 이 일을 좋아하는 척하는 건 아니겠지?"

톰은 쉬지 않고 계속 붓질을 했다.
"좋아하는 척? 글쎄. 내가 이 일을 좋아하지 않을 이유도 없지. 우리 나이에 담장에 페인트칠할 기회가 어디 날마다 있는 줄 아니?"
톰의 이 말에 상황이 달라졌다. 벤은 사과를 베어 먹던 동작을 멈추었다. (중략) 그러는 동안 벤은 톰의 움직임을 하나도 놓치지 않고 지켜보면서 점점 흥미를 느끼기 시작했고, 자기도 한번 해보고 싶다는 생각이 점점 굴뚝같아졌다. 마침내 벤이 이렇게 말했다.
"톰…… 나도 한번 해보자."

 톰의 연기에 넘어가는 벤이 어리석어 보이기도 하지만, 아이들은 대체로 호기심이 많고 남이 재미있어하면 자신도 해보고 싶어 한다. 결국 벤은 자기가 먹던 사과까지 넘기고 톰 대신 열심히 페인트칠을 한다. 벤이 녹초가 된 다음에는 빌리 피셔, 그다음에는 조니 밀러가 페인트칠에 동참한다. 그렇게 친구들의 물건까지 챙겨서 편히 쉰 톰은 '이 세상이 그렇게 공허하지만은 않다'고 혼잣말로 중얼거린다. 일하기 싫어 꾀를 낸 톰과 그에 넘어간 친구들의 모습이 우스꽝스러운 장면이지만, 이 상황에 대해 평가하는 듯한 작가의 말은 진지하게 한번 곱씹어 볼 만하다.

 어른이건 아이건 어떤 물건을 갖고 싶은 마음이 들게 하려면, 그 물건을 손에 넣기 어렵게 만들어야 한다. (중략) 노동이란 무엇이든 의무적으로 해야 하는 것이고, 놀이란 무엇이든 의무적으로 할 필요가 없는 것이라는 사실을 깨달았을 것이다.

같은 직장에서 비슷한 일을 하는 사람들이라 하더라도 똑같은 성과를 내는 것은 아니다. 묵묵히 일하면서 최선의 결과를 내는 사람도 있고, 불평불만을 늘어놓으며 제대로 일하지 않는 사람도 있다. 이는 단순히 성향 차이일 수도 있겠지만, 기본적으로 일을 대하는 태도가 다르기 때문이다. 자신에게 주어진 일을 의무적으로 해야 하는 숙제 같은 것으로 여긴다면 어떤 일을 맡아도 내키지 않을 것이다. 반면 일하는 것이 재미있고 성취하는 것에 즐거움을 느낀다면 어떤 일이든 잘해내고 싶어 할 것이다. 결국 중요한 것은 '내 마음'이다.

다른 에피소드를 하나 더 살펴보자.

베키가 학교에 나오지 않아 톰이 우울해하자, 폴리 이모는 자신이 알고 있는 민간요법을 동원해 톰을 치료하려고 한다. 그런데 의학적인 지식도 없이 엉터리 약품을 먹이려고 하니 당하는 톰은 곤혹스러울 수밖에 없다. 또 '물 요법'이라며 톰의 몸에 찬물을 흠뻑 끼얹은 다음 담요를 몇 장씩 덮어 계속 땀을 흘리게 한다거나, 검증되지 않은 조합으로 진통제를 만들어 먹이기도 한다. 치료라기보다는 거의 고문에 가깝다. 톰이 고통에 몸부림치는 모습을 보면서도 폴리 이모는 포기하지 않는다. 톰은 결국 이 위기를 벗어나기 위해 진통제를 몰래 마룻바닥에 버린다.

어느 날 톰이 마룻바닥 틈 사이로 약을 집어넣고 있는데 이모의 노란 고양이 피터가 가르랑거리며 다가와서는 자기에게 먹여달라는 듯이 매우 탐욕스럽게 숟가락을 쳐다보았다. (중략) 톰은 피터의 입을 벌리고 진통제를 흘려 넣었다. 피터는 펄쩍펄쩍 뛰어오르더니 인디언 같은 소리를 지르면서 방 안을 빙빙 돌았다. 가구를 들이받기도 하고 화분을 넘어뜨리기도 하면서 난장판을 만들었다. (중략) 폴리 이모가 때마침 방 안에 들어왔을 때 피터는 몇 번이나 공중제비를 돌고 마지막으로 엄청난 소리를 지르더니 열려 있는 창문으로 뛰어올라 화분을 차내며 뛰어나갔다.

톰이 고양이에게 장난으로 약을 먹였다고 생각한 폴리 이모는 톰의 머리를 힘껏 쥐어박으며 혼을 낸다. 그런 폴리 이모에게 톰은, 이모가 없으니 피터가 불쌍해 보여서 약을 나눠줬다고 말한다. 베키 때문에 우울해하는 자기에게 약을 먹였던 이모와 똑같은 행동을 한 것이다. 폴리 이모는 고통스러워하는 고양이의 모습을 보며 생각에 잠긴다. 고양이에게 약을 먹인 것이 잔인한 짓이라면 톰에게 그렇게 한 것도 잔인한 짓일 테니 말이다.
　우리가 남을 위해 하는 행동이 가끔은 나의 선의에 초점이 맞춰지는 경우가 있다. 상대방이 어떻게 받아들이냐에 대해서는 관심이 없고 내가 상대방을 위해 노력하고 있다는 사실만 중요해지면, 내 진심을 몰라주는 상대방에게 서운한 감정이 들기도 한다. 그러나 당연하게도, 받아들이는 사람의 마음이 더 우선되어야 한다. 목이 마른 아이에게 빵을 주고, 배가 고픈 아이에게 옷과 신발을 준들 무슨 소용이 있겠는가?

톰과 베키

어린아이들에게도 풋풋한 사랑의 감정이 싹튼다. 톰은 베키를 처음 보자마자 그녀에게 완전히 빠져버린다. 며칠 전까지 사이가 좋았던 에이미를 완전히 잊어버릴 정도로 말이다. 톰은 베키와 친해지기 위해 이름도 모르는 그녀의 집 앞에서 우스꽝스러운 체조를 하며 열정을 불태운다. 베키도 그런 톰의 모습이 싫지 않았는지, 수업 시간에 함께 장난을 치며 금세 가까워진다.

> 베키는 아이들과 함께 갔고, 톰은 다른 아이들과 함께 집으로 향했다. 그런데 얼마 뒤 두 사람은 골목길이 끝나는 곳에서 만났다. 그리고 다시 학교로 돌아왔는데, 학교에는 이제 두 사람 외에 아무도 없었다. 두 사람은 석판을 앞에 놓고 나란히 앉았다. 톰은 베키에게 연필을 쥐여주었다. 그러고는 연필 잡은 그녀의 손을 잡고서 이전처럼 다시 한

번 멋진 집 한 채를 그렸다. 그림 그리기에 싫증이 나자 둘은 이야기를 나누기 시작했다. 톰은 행복해서 어쩔 줄 몰랐다.

자기를 좋아해 주는 베키의 모습에 너무 흥분한 걸까. 톰은 베키에게 약혼 선언을 받아내고 뽀뽀까지 하고는 이전 에이미와의 관계를 자기 입으로 말하고 만다. 베키는 화를 냈고, 그런 그녀를 달래다 톰도 화가 나 학교를 뛰쳐나온다. 그 뒤 둘의 관계는 서먹해진다. 서로를 의식하지만 가까이 다가갈 수 없던 둘은 괜한 질투심 유발 작전으로 서로의 마음을 상하게 하면서 한참을 화해하지 못한다. 그러던 중, 둘에게 관계를 회복할 기회가 생긴다.

어느 날 베키는 도빈슨 선생님의 책상 서랍에 열쇠가 꽂혀 있는 걸 발견한다. 도빈슨 선생님은 가끔 학생들에게 암송을 시키고는 서랍에서 이상한 책을 꺼내 정신없이 읽곤 했다. 아이들은 그 책에 대해 몹시 궁금해했지만 아무도 본 적은 없었다. 유혹을 이기지 못한 베키는 결국 몰래 서랍을 열고 도빈슨 선생님이 읽던 해부학 책을 꺼내 살펴본다. 그때 마침 톰이 베키에게 다가오고, 이에 놀란 베키는 서둘러 책장을 덮으려다 실수로 책을 찢고는 울음을 터뜨린다. 얼른 책을 다시 서랍에 넣고 자리에 앉았지만, 베키와 톰은 이 일을 어떻게 수습해야 할지 난감해한다. 잠시 후 도빈슨 선생님이 들어와 학생들에게 암송을 시킨 뒤 언제나처럼 서랍을 열어 그 책을 꺼낸다. 곧 책이 찢어졌다는 사실을 안 도빈슨 선생님은 화가

나 아이들 한 명 한 명을 지목하면서 누가 찢었느냐 추궁한다. 이윽고 선생님이 베키의 이름을 부르는 순간, 톰은 벌떡 자리에서 일어나 큰 소리로 외친다.

"제가 찢었습니다."
교실 안의 아이들은 톰이 그런 짓을 했을 리 없다고 생각하며 어리둥절한 표정으로 그를 바라보았다. 톰은 일어선 채 혼란스러운 정신을 가다듬었다. 벌을 받으러 앞으로 걸어 나갈 때, 톰은 베키가 놀라움과 고마움과 존경의 눈빛으로 자기를 바라보는 것을 느꼈다. 매를 100대 맞는다 해도 괜찮을 것 같았다. 자기 행동이 꽤 멋졌다는 자부심을 느낀 톰은 도빈슨 선생님이 있는 힘껏 때리는 매를 맞으면서도 비명 한 번 지르지 않고 꿋꿋하게 잘 참았다.

베키를 위해 대신 벌을 받는 톰의 모습은 어린아이에서 훌쩍 성장한 느낌을 준다. 자기중심적인 사고에서 벗어나 타인을 생각하고 이에 따라 행동한 것이기 때문이다. 베키를 위한 순간적이고 즉흥적인 행동이라고 할 수도 있지만, 작품 후반으로 갈수록 확실히 톰의 행동은 더 성숙해지고 어른스러워진다. 베키의 초청으로 친구들과 함께 소풍을 갔을 때, 톰과 베키는 맥두걸 동굴에서 박쥐를 피해 달아나다 길을 잃고 동굴 깊숙한 곳까지 들어가게 된다. 이때 바닥에 주저앉아 소리 내어 울고 배고프다며 금세 걷기를 포기해

버리는 베키와는 달리, 톰은 양초를 아낄 생각을 하고 길을 찾기 위해 열심히 동굴을 뒤지기 시작한다.

>톰은 이야기에 살을 붙여 조금은 과장하면서 그동안 겪은 놀라운 모험담을 들려주었다. 베키를 혼자 남겨두고 길을 찾기 위해 돌아다닌 일, 연줄이 닿는 데까지 두 개의 샛길을 따라간 일, 세 번째 샛길을 더듬어 가다가 연줄이 모자라 막 뒤돌아서려는 순간 저 멀리 한 줄기 빛이 작은 점처럼 눈에 들어온 일, 연줄을 놓고 그쪽을 향해 더듬어 나가 작은 구멍 사이로 머리와 어깨를 내밀고 보니 눈앞에 드넓은 미시시피강이 유유히 흐르고 있던 일을 묘사하는 것으로 이야기를 끝맺었다.

어른들도 길을 잃으면 출구를 찾기 어려운 컴컴한 동굴에서 아이들이 이성적으로 생각하고 판단하기는 쉽지 않다. 같은 자리에서 하염없이 구조대를 기다린다고 해결된다는 보장도 없고, 출구를 찾기 위해 용기를 내 나서기도 어렵다. 그러나 톰은 위기 상황에서 포기하지 않았고, 결국 출구를 찾아내 베키와 함께 무사히 마을로 돌아온다. 이런 톰에게서 사랑하는 누군가를 지키고 책임질 수 있는 든든한 어른의 면모를 발견할 수 있다.
문학 작품이나 옛이야기에서 동굴은 어린아이에서 성인으로 거듭나는 공간을 상징하기도 한다. 동굴 속에는 위협이 될 만한 야생

동물이나 기괴한 존재들이 숨어 있기 마련이고, 그곳에서 적을 물리치거나 일정한 시간을 보낸 뒤 무사히 나오면 어른으로서 인정받는, 일종의 통과의례 장치인 것이다. 이 작품에서 톰이 극복한 동굴에서의 시간도 같은 맥락으로 해석할 수 있다. 이전까지의 톰은 그저 장난기 넘치고 말썽만 일으키던 아이의 이미지가 강했다면, 자신이 좋아하는 이성을 지키고 위기 상황에서 벗어나는 데 성공함으로써 성숙한 이미지를 획득하게 된다. 이후 톰은 인전 조의 보물까지 챙겨 부자가 되는데, 이렇게 사랑도 돈도 모두 얻는 전개는 영웅이 승리하는 이야기 구조와 유사하게 볼 수 있다. 이는 아메리칸드림의 상징이기도 하다.

톰과 헉의 모험 – 살인 사건을 해결하다

헉(허클베리 핀)은 마을에서 유명한 부랑 소년이다. 헉은 주정뱅이 아버지 밑에서 자랐는데, 학교에도 다니지 않고 빈둥거리며 살다 보니 동네 사람들은 그를 질 나쁜 아이로 평가한다.

> 헉은 제 마음대로 나타났다 사라졌다 했다. 날씨가 좋으면 남의 집 문 앞 계단에서 잠을 자고, 비가 오면 큰 나무통 속에 들어가 잠을 잤다. 학교에도 교회에도 갈 필요가 없었고, 누구에게 배울 필요도 누구의

명령에 따를 필요도 없었다. 낚시를 하든 헤엄을 치든 마음 내킬 때 아무 데서나 할 수 있었고, 또 마음대로 얼마든지 오래 머물러 있을 수도 있었다. (중략) 욕을 하는 솜씨도 보통이 아니었다. 한마디로 이 녀석은 정말로 인생을 살맛 나게 사는 데 필요한 것을 다 갖추고 있었다.

어른들 눈에는 불량스러운 아이였겠지만, 아이들 눈에 헉은 자유로운 영혼이자 선망의 대상이다. 어릴수록 강해 보이는 사람이나 규칙을 깨는 존재에게 끌리는 것은, 자신이 할 수 없는 어떤 일을 대신 해주는 데 대한 대리만족 때문일 것이다. 톰 역시 이러한 헉에게 끌려 가깝게 지내며 여러 모험을 함께하는 사이가 된다.

헉과 사마귀를 떼는 방법에 대해 이야기를 나누던 둘은 마녀에게 들은 미신에서 아이디어를 얻어 자정에 공동묘지에 함께 갈 계획을 세운다. 폴리 이모가 잠든 틈에 몰래 집에서 빠져나온 톰은 헉을 만나 마을에서 2.5킬로미터쯤 떨어진 언덕 위에 있는 공동묘지를 찾아간다. 늦은 밤 묘지의 음산한 분위기에 귀신이라도 나오면 어쩌나 겁을 집어먹고 있던 차에, 둘은 멀리서 다가오고 있는 세 사람을 목격하게 된다. 술에 취한 머프 포터 영감, 인전 조, 로빈슨 의사가 무덤에 시체를 구하러 온 것이었다.

"자, 빌어먹을 시체가 모두 준비됐소, 의사 양반. 그러니 5달러를 더 줘야겠소. 그러지 않으면 여기서 꼼짝도 안 할 거요."

인전 조가 맞장구를 쳤다.
"암, 그렇고말고!"
의사가 대꾸했다.
"이거 보시오! 지금 무슨 소리를 하는 거요? 품삯을 먼저 받아야겠다고 해서 아까 모두 주었잖소."

돈을 이미 받았다는 사실을 잊은 건 아니었다. 사실 인전 조는 로빈슨 의사의 아버지에게 원한이 있었다. 5년 전 로빈슨 의사의 집에 갔다가 망신을 당한 인전 조는 욕을 했다는 이유로 유치장에 갇혔고, 그때의 복수를 아들인 로빈슨 의사에게 하려 벼르고 있던 차에 좋은 기회를 만난 것이었다. 셋이 엎치락뒤치락하며 싸우던 와중에 로빈슨 의사가 나무 널빤지로 포터 영감을 때려 기절시켰고, 그 사이 인전 조가 잭나이프로 로빈슨을 칼로 찔러 죽였다. 인전 조의 음모는 여기서 끝나지 않았다. 기절한 포터 영감 손에 잭나이프를 쥐게 해 마치 포터 영감이 로빈슨을 살해한 것처럼 현장을 꾸민 것이다.

포터가 물었다.
"맙소사, 도대체 이게 어떻게 된 거야, 조?"
조가 꼼짝도 하지 않고 앉아서 대답했다.
"참 끔찍하기도 하지. 도대체 왜 그런 끔찍한 일을 저질렀는가?"

"내가 그랬다고? 난 그런 짓을 한 적이 없어!"
"이봐! 이제 와서 그런 소리 한다고 통하겠어?"
몸을 부들부들 떠는 머프 포터의 얼굴이 백지장처럼 새하얘졌다.

결국 포터 영감은 겁에 질려 황급히 자리를 뜨고, 인전 조는 포터 영감을 살인범으로 만드는 데 성공했다고 생각하며 사라진다. 문제는 이 모든 과정을 톰과 헉이 보고 있었다는 것이다. 뜻밖의 사건에 놀라 정신없이 도망친 둘은 인전 조를 신고해야 하나 고민했지만, 무서운 인전 조가 자신들을 찾아와 복수할 수도 있다는 생각에 덜컥 겁이 났다. 둘은 결국 이 사실을 아무에게도 말하지 않겠다는 비밀 맹세를 하고 집으로 돌아간다.

다음 날 로빈슨 의사의 시체가 공동묘지에서 발견되고, 온 마을이 발칵 뒤집힌다. 상황을 살피러 현장을 찾아온 포터 영감은 사람들의 증언으로 현장에서 체포된다. 톰과 헉은 인전 조가 거짓 증언을 하는 모습을 보면서도 겁에 질려 아무 말도 하지 못한다. 그러나 양심의 가책을 느낀 톰은 밤마다 이상한 잠꼬대를 하거나, 친구들이 죽은 고양이로 검시하는 놀이를 하는 데 절대 끼지 않는 등 마음의 짐을 내려놓지 못한다.

이 우울한 날들 동안 톰은 거의 매일 유치장을 찾아가 조그마한 격자 창살이 달린 창문으로 '살인범'에게 자기가 구할 수 있는 위문품을 몰래 넣어주었다. 유치장은 동구 밖 늪지에 있는 보잘것없는 조그마한 벽돌 건물로, 그곳을 지키는 간수들도 없었다. 사실 이 유치장은 지금껏 사용된 적이 거의 없었다. 이렇게 위문품을 넣어주자 톰의 양심의 가책이 한결 줄어들었다.

살인 사건을 목격한 충격은 엄청났을 것이다. 게다가 이 사실을 알리면 인전 조가 찾아와 복수할지도 모르니, 얼마나 두려웠을까. 성인들조차도 이와 같은 상황이 닥치면 모른 척 회피하는 경우가 있을 것이다. 여기서 중요한 점은, 톰이 양심의 가책을 느끼고 이를 덜기 위해 작은 행동이라도 실천하고 있다는 것이다. 진실을 보고도 묵인하고 있는 자신의 행동이 옳은지 고민하고, 도덕적 기준을 스스로 만들어가면서 톰은 조금씩 어른으로 성장해 갈 수 있었을 것이다.

살인 사건의 재판이 시작되면서 마을이 술렁거리기 시작하고, 톰과 헉은 양심의 가책과 인전 조의 위협 사이에서 갈등한다. 게다가 조금이나마 마음의 짐을 덜고자 감옥을 찾아가 포터 영감에게 담배와 성냥을 넣어주던 그들에게 포터 영감이 한 말은 둘의 마음을 더욱 아프게 한다.

"애들아, 너희는 내게 참 잘해주는구나. 이 마을에 사는 누구보다도 말이다. 결코 잊지 않으마. 잊지 않고말고. (중략) 둘 중 누가 목말을 태워서 내 손을 붙잡아 주렴. 악수를 좀 하고 싶은데, 이 창살 틈으로 네 손을 넣어봐. 내 손은 너무 커서 내밀 수가 없어. 조그맣고 약한 손이로구나. 하지만 이 작은 손이 머프 포터를 크게 도와주었어."

판결 공판이 열리는 날, 온 마을 사람들이 재판소로 모인다. 수척하고 창백한 얼굴의 머프 포터는 절망한 모습으로 두 손에 쇠사슬을 차고 법정에 들어오고, 인전 조는 무표정한 얼굴로 눈에 잘 띄는 자리에 앉아 있다. 이어 여러 증인이 나와 포터에게 불리한 증언을 하는데, 포터의 변호인은 아무런 질문도 하지 않는다. 방청객들은 변호사의 태도에 당황하고, 검사가 자신감 있는 태도로 심문을 마치려는 때, 포터의 변호사가 톰을 증인으로 내세운다.

톰이 말하기 시작했다. 처음에는 조금 더듬거렸지만, 이야기에 열중하다 보니 말이 술술 잘 나왔다. 얼마 동안 법정에는 톰의 말소리만 들릴 뿐 그야말로 쥐 죽은 듯 조용했다. 방청객의 눈이 온통 톰에게 쏠려 있었다. 입술을 벌리고 숨을 죽인 채 톰이 하는 말 한마디 한마디에 귀를 기울였다. (중략)
"그리고 의사 선생님이 묘비를 내리치자 머프 포터가 쓰러졌고, 그 순간 인전 조가 포터의 주머니칼을 집어 들고는……."
쨍그랑! 유리창이 깨지는 소리와 함께 인전 조가 창문을 향해서 번개처럼 재빠르게 달려가더니, 제지하려는 사람들을 헤치고는 어디론가 사라지고 말았다.

살인 사건을 목격했던 톰의 증언으로 사건은 순식간에 뒤집힌다. 살인자 인전 조는 마을에서 도망쳐 행방을 알 수 없게 되었고, 톰은 마을의 영웅이 된다. 마을 신문에는 톰의 행동이 대서특필됐고, 아이들은 그런 톰을 부러워했다. 물론 톰은 인전 조가 사라지는 바람에 더욱 불안에 시달려야 했지만 말이다. 이후 인전 조와의 악연은 계속되지만, 그와의 첫 번째 갈등은 이렇게 톰과 헉의 진실한 증언의 승리로 마무리된다.

톰과 헉의 모험 - 가출 소동

둘의 모험이 항상 도덕적이고 정의롭기만 한 것은 아니었다. 어린 아이들답게 때로는 어른들이 이해할 수 없는 장난을 치거나 마을을 소란스럽게 만드는 일을 벌이기도 했다. 그 시작은 톰이 우울감에 빠져 세상을 비관하면서부터다. 누구도 자신을 이해해 주지 않고 내쫓으려 한다는 과한 망상에 빠진 톰은 자신이 세상 밖으로 밀려났다고 생각한다. 그러던 중 비슷한 상황에 처한 조 하퍼를 만난다.

그때 톰은 영혼을 걸고 우정을 맹세한 친구 조 하퍼를 만났다. 조의 단호한 눈초리를 보니 그도 뭔가 단단히 결심한 것이 틀림없었다. 말하자면 '같은 생각을 가진 두 영혼'이 서로 만난 셈이었다. 톰은 소맷자락으로 눈물을 닦으며 자기 결심을 더듬더듬 털어놓기 시작했다. 집에서 받는 학대와 무정함에서 벗어나 드넓은 세상으로 도망쳐 떠돌아다니며 살면서 다시는 마을에 돌아오지 않을 작정이라고 고백했다. (중략) 그런데 조도 역시 톰한테 똑같은 말을 하려던 참이었고, 그래서 지금 톰을 찾고 있던 중이었다. 조는 한 번도 입에 대본 적도 없을 뿐더러 있는지조차 알지 못했던 크림을 먹었다고 어머니한테 회초리를 맞았다고 했다. 조는 어머니가 자신이 보기 싫어져서 어디든 가버리기를 바라는 것이 틀림없다고 생각하고 있었다.

둘의 억울함을 이해하지 못할 바는 아니다. 톰은 폴리 이모에게 구박당하는 일이 많았고, 조 하퍼 역시 억울하게 어머니한테 맞았으니 말이다. 다만 어린아이들은 자기가 잘못한 일이나 과정은 중요하게 생각하지 않고, 또 차분히 해결할 방법을 모색하지도 않는다. 그 와중에 비슷한 생각을 하는 동지까지 만났으니, 불에 기름을 끼얹은 것처럼 활활 탈 일만 남은 것이다. 둘은 해적이 되기로 하고, 미시시피강 하류에 있는 잭슨섬을 근거지로 정한 뒤 헉을 찾아간다. 딱히 할 일도 없고 무슨 일이 일어나도 상관없는 헉은 둘의 일탈에 기꺼이 합류한다.

집에서 음식과 필요한 물건들을 챙겨 자정 무렵 다시 만난 그들은 뗏목을 강으로 끌어내 잭슨섬을 향해 출발한다. 마음 맞는 친구 셋이 떠나는 새로운 모험의 시작은 웃음이 절로 날 정도로 신나는 일이었을 터다. 그들은 어른들에게나 어울리는 뒷일 걱정 따위는 조금도 하지 않는다.

> 톰은 팔짱을 끼고 이맛살을 찌푸린 채 뗏목 한복판에 서서 나지막하고 위엄 있는 목소리로 명령했다.
> "뱃머리를 바람이 불어오는 쪽으로 돌려라. 바람 부는 방향으로!"
> "네, 알겠습니다. 선장님!"
> "진로를 그대로!"
> "네, 알겠습니다. 선장님!" (중략)
> 그들은 이런 명령이 한낱 '폼'을 잡기 위한 것일 뿐 어떤 특별한 의미가 있는 것이 아니라는 사실을 잘 알고 있었다.

잭슨섬에 무사히 도착한 그들은 커다란 통나무 옆에 불을 지핀 뒤 가져온 음식을 배불리 먹었다. 셋은 마냥 행복했다. 그들은 자신들에게 주어진 자유를 만끽하며 다시는 문명 세계로 돌아가지 않겠다 다짐하고, 해적 생활에 대한 꿈같은 이야기로 즐거워한다. 다음 날에는 아무 걱정 없이 옷을 벗어 던지고 알몸으로 수영도 하고 몸싸움도 하며 신나게 논다. 강물 너머 멀리 있는 조그마한 마을은 이미 기억 속에서 사라진 지 오래다.

잡아 온 물고기를 튀겨 먹으면서 아이들은 그만 깜짝 놀랐다. 그렇게나 맛있는 음식은 지금껏 먹어본 적이 없었기 때문이다. 민물고기는 갓 잡아서 빨리 불에 구운 것일수록 맛이 좋다는 사실을 그들은 알지 못했던 것이다. 또한 밖에서 자는 잠이며, 야외 운동이며, 수영이며, 그리고 무엇보다도 시장기가 최고의 반찬이 된다는 사실도 미처 생각하지 못했던 것이다.

금지되었던 행동을 자유롭게 하는 경험은 즐거울 수밖에 없다. 세 아이가 마을에서 온갖 말썽을 부리며 부랑아처럼 생활했다고는 하지만, 큰 틀에서 보면 그 모든 게 어른들의 보호 아래 있었던 일이다. 여기저기 느슨하기는 했을지라도, 눈에 보이지 않는 울타리가 아이들을 지키는 최소한의 안전장치 역할을 한 것이다. 물론 아이들 입장에서는 그것이 빠져나갈 수 없는 억압으로 느껴졌을 테지만 말이다. 그런 억압에서 탈출해 헉에게 담배 피우는 방법 따위를 배우면서 학교에 갈 걱정도 없이 빈둥거리는 날들은 시원한 해방감으로 가득했을 것이다. 그러나 곧 그들에게 불안이 들어차기 시작한다.

이야기는 곧 김이 빠지기 시작해 뚝 끊기고 말았다. 숲속에 깃들어 있는 적막과 장엄 그리고 쓸쓸함이 아이들의 마음에 영향을 미치기 시작했던 것이다. 그들은 생각에 잠겼다. 뭐라고 정확하게 표현할 수 없는 일종의 그리움이 조금씩 고개를 쳐들기 시작했다. 그 느낌은 곧 어렴풋하게나마 정체가 드러났는데, 그것은 바로 집을 향한 그리움이었다. 심지어 '피투성이 손' 헉도 문 앞의 계단과 텅 빈 커다란 나무통들이 그리워지기 시작했다.

아이들이 직접 경험하며 스스로 느낀 이 감정은 중요한 인생 공부가 되었을 것이다. 가지지 못한 것에 대한 갈망은 쉽게 꺼지지 않는다. 한창 마음이 달아올라 있는 어린아이들에게는 더욱 그렇다. 결국 스스로 느끼고 깨닫는 수밖에 없다. 굳은 결심과 함께 집을 떠난 지 며칠도 채 되지 않아 자신들의 행동을 후회하고 있는 톰과 친구들처럼 말이다. 물론 현실은 소설과 달리 걱정해야 할 것들이 많다. 몸을 다치거나 되돌릴 수 없는 피해가 생길 수도 있기 때문이다. 그러니 어른들의 역할이 더욱 필요하고 중요하다. 아이들에게 어떤 일을 무조건 하지 말라며 윽박지르기보다는 적절한 돌봄 아래 경험해 볼 수 있도록 허용하면서 지켜주는 게 성숙한 어른의 모습일 것이다.

우울해진 셋은 집에 돌아가고 싶은 마음이 굴뚝같지만, 변절자가 될 수 없다는 생각에 아무도 이야기를 꺼내지 못한다. 결국 톰은 친구들에게 말하지 않고 혼자 몰래 섬을 빠져나와 마을로 돌아온다. 이때 마을 사람들은 실종된 아이들이 며칠째 발견되지 않자 죽었다고 생각해 큰 슬픔에 빠져 있었다. 몰래 상황을 파악하던 톰은 자기들이 마을 사람들에게 무척 소중한 존재였음을 알게 된다. 그리고 자기들이 일요일까지 나타나지 않으면 모든 희망을 포기하고 일요일 아침에 장례식을 치를 예정이라는 것도 듣게 된다. 톰은 이 일을 어떻게 해결해야 할지 걱정하기 시작한다.

  문제는 톰의 장난기가 또 발동했다는 것이다. 자신이 왔다는 사실을 아무에게도 알리지 않은 채 톰은 잭슨섬으로 다시 돌아간다. 그리고 자신이 말도 없이 사라지는 바람에 불안해하고 있던 조와 헉에게 기발하고도 발칙한 계획을 제안한다. 그건 바로, 장례식 당일에 마을로 돌아가 사람들을 다 놀라게 해주자는 것이었다.

  심금을 울리는 목사의 이야기가 계속되자 신도들은 점점 더 깊이 감동받은 나머지 고뇌에 차서 흐느끼고 있는 유가족들처럼 왈칵 울음을 터뜨렸다. 목사조차 자신의 감정을 이기지 못하고 강단에서 소리 내어 울고 말았다. 바로 그때 아무도 눈치채지 못했지만 2층 회랑 쪽에서 버스럭거리는 소리가 들렸다. 잠시 뒤에는 삐걱하고 교회 문이 열렸다. (중략) 죽은 줄 알았던 세 아이가 지금 교회 복도를 따라 걸어 들어오고 있는 것이 아닌가! 맨 앞에는 톰이, 그 뒤에는 조가, 그리고 맨 끝에서 헉이 걸레 같은 누더기옷을 질질 끌며 부끄러운 듯 멋쩍은 모습으로 따라 들어오고 있는 것이 아닌가! 세 아이는 그동안 사용하지 않는 교회 회랑에 숨어서 자신들의 장례식 설교를 듣고 있었던 것이다.

이쯤 되면 톰의 장난은 거의 예술의 경지에 다다른 듯하다. 사람들에게 감동을 선사하는 정확한 타이밍을 기막히게 포착했으니 말이다. 마을 사람들은 하루라도 빨리 돌아와 가족들의 걱정을 덜어주진 못할망정 마지막까지 장난을 저지르는 아이들을 못내 괘씸해하면서도, 아무도 다치지 않고 무사히 돌아와서 다행이라는 마음을 동시에 느꼈을 것이다. 누군가가 큰 피해를 보거나 마을에 어떤 문제가 생긴 것도 아니고, 결과적으로는 기쁜 일이니 말이다. 그리고 작가의 유머러스한 마지막 말로 세 아이의 가출 소동은 마무리된다.

그날 톰은 폴리 이모의 기분에 따라 일 년 동안 받은 것보다 더 많은 주먹세례를 받기도 하고 키스세례를 받기도 했다. 그런데 주먹과 키스 중에서 어느 쪽이 하나님에 대한 감사이며 어느 쪽이 자신에 대한 사랑인지 잘 분간할 수 없었다.

톰과 헉의 모험 - 보물찾기

정상적인 아이라면 누구나 한 번쯤은 어디엔지 모를 곳에 숨어 있는 보물을 파내고 싶은 강렬한 욕망에 사로잡히는 때가 있기 마련이다. 어느 날 톰은 갑자기 이런 욕망에 사로잡혔다.

어린아이들은 종종 이유를 알 수 없는 강렬한 열망에 사로잡히곤 한다. 톰 역시 어느 날 갑자기 땅속에 숨겨진 보물을 찾겠다는 열망에 사로잡혀 헉과 함께 사방을 헤집고 다니기 시작한다. 그러나 아무리 땅을 파도 보물은 나오지 않고, 그만 포기하려고 생각하던 차에 둘은 마지막으로 유령의 집을 탐색해 보기로 한다. 밤에는 진짜로 유령이 나올까 봐 무서웠던 둘은 낮에 폐가에 들어가 여기저기를 뒤지기 시작하는데, 갑자기 인기척이 들려 2층으로 올라가 숨는다. 그리고 2층 마룻바닥에 엎드려 옹이구멍을 통해 밑을 바라보는데, 마을에서 사라졌던 인전 조가 그곳에 있었다. 인전 조와 스페인 영감은 자신들이 훔친 650달러의 은화를 숨겨두려 폐가를 찾은 것이었다. 그런데 그들은 땅을 파던 중 원래 숨겨져 있던 상자 속의 금화를 발견하게 된다.

"반쯤 썩은 널빤지야. 아니, 상자로군. 여기, 좀 도와줘. 도대체 왜 이게 여기에 있는지 보자고. 됐어, 구멍을 하나 뚫었어."
조는 한 손을 집어넣더니 상자를 꺼냈다.
"와, 이거 돈이잖아!"
두 남자는 동전을 한 움큼 집어 들고 자세히 살펴보았다. 금화였다. 위에서 내려다보고 있던 두 아이도 두 남자 못지않게 덩달아 흥분하고 신바람이 났다. (중략) 잠시 뒤 그들은 귀중한 상자를 들고 집에서 빠져나와 점점 깊어지는 어둠을 뚫고 강 쪽을 향해 발길을 옮겼다.

눈앞에서 보물을 빼앗긴 톰과 헉은 자신들의 것이 되어야 할 보물을 인전 조가 가져갔다는 생각에 화가 났다. 자신들이 삽과 곡괭이를 그곳에 놔두지 않았으면 인전 조가 보물을 찾지 못했을 것이고, 그러면 거기에 숨겨둔 인전 조의 보물까지 다 차지할 수 있었을 테니까 말이다. 다음 날이 되어도 보물에 대한 생각을 버리지 못한 둘은 인전 조의 행적을 추적하기로 한다. 인전 조가 말했던 '2호'라는 곳이 금주 여관의 '2호방'이라고 생각한 그들은 술에 취해 여관방에서 잠들어 있는 인전 조를 발견하고 보물을 찾을 수 있겠다며 속으로 환호한다. 그때부터 둘은 여관 출입문이 보이는 곳에서 교대로 감시를 하며 인전 조가 보물을 가지고 나오기를 기다린다. 이윽고 밤 11시가 넘은 시간, 지루해하고 있는 헉에게 무슨 소리가 들려온다.

순간 헉은 바짝 긴장하고 귀를 기울였다. 뒷길로 통하는 여관 문이 조용히 닫히는 소리가 들렸다. 헉은 벽돌 가게의 한 모퉁이로 얼른 몸을 숨겼다. 다음 순간 두 사내가 헉 옆을 스쳐 지나갔다. 한 사람은 겨드랑이에 무언가를 끼고 있었다.
'저게 바로 보물 상자일 거야!'

둘을 몰래 따라간 헉은 인전 조와 스페인 영감이 더글러스 과부 댁으로 들어가는 장면을 보고 깜짝 놀란다. 더글러스 부인은 여러 번 헉에게 친절을 베푼 적이 있었는데, 예전에 인전 조가 복수한다던 대상이 바로 그녀라는 사실을 깨달은 것이다.

"이걸 포기하고 이 마을에서 영원히 그냥 떠나라고? 지금 포기하면 다시는 기회가 없을지 몰라. 전에도 말했고 지금 또다시 되풀이해 말하지만, 난 저 여자의 돈 따위는 관심 없어. 그건 자네가 가지라고. 저 여자의 남편이 나에게 몹시 못되게 굴었어. 그것도 한두 번이 아니고, 치안 판사로 있으면서 걸핏하면 나를 부랑자로 몰아 유치장에 처넣었거든. 어디 그뿐인 줄 알아? 그건 새 발의 피야! 말채찍으로 나를 마구 갈기기도 했어! 감옥 앞마당에 세워놓고 검둥이처럼 나를 말채찍으로 때렸단 말이야!"

'인디언 조'라고 불리기도 하는 인전 조는 설정상 인디언 혼혈로, 그들은 당시 미국 사회에서 인종이 다르다는 이유로 흑인과 함께 몹시 차별받고 있었다. 그러나 억울한 일을 당했다고 해서 당사자도 아닌 이에게 대신 복수하려는 행동은 절대 용납될 수 없다. 예전이나 지금이나 문제를 폭력으로 해결하려 들면 더 깊은 갈등을 유발하게 될 뿐이다.

인전 조가 소설에서 과격한 표현과 위협적인 행동을 하는 인물로 등장하기 때문에, 혹자는 작가가 흑인이나 인디언을 대하는 태도가 이미 차별적이라며 지적할 수 있다. 이 지점에서는 작품의 창작 시기, 즉 당시 미국 사회의 분위기를 고려해 작품을 해석하는 지혜가 필요하다. 당시 인디언과 미국인의 갈등이나 흑인 노예에 대한 의견 차이 등에 의해 미국 사회에서 백인이 가지고 있는 가치관은 다른 인종에게 매우 공격적이었으며, 이 때문에 마크 트웨인이 공식적으로 노예제 반대에 대한 의견을 내놓는 것만으로도 수많은 공격을 받아내야 했던 시대였다. 물론 그럼에도 악인을 그렇게 설정한 점은 여전히 아쉬울 수 있지만, 전개상 아이들이 공포를 느낄 만한 위협적인 악인이 필요했고 사회의 보편적 인식을 고려해 이런 설정을 채택한 것으로 이해하면 좋을 듯하다.

다시 돌아와서, 이런 두려움에도 불구하고 헉은 더글러스 부인을 구하기 위해 정신없이 달려 존스 노인의 집에 찾아간다. 문을 급하게 두들기는 헉의 모습을 보면 평소 마을 사람들이 자신을 불편해한다는 사실에 대한 걱정은 이미 뒷전이다.

"허클베리 핀이에요! 어서 들여보내 주세요!"
"그래, 정말로 허클베리 핀이로구나! 뭐, 그다지 문을 열어주고 싶은 이름은 아니지만 열어줘라. 무슨 일인지 들어나 보자꾸나."
"절대로 제가 얘기했다고 말하지 마세요."
헉이 뛰어들어오면서 내뱉은 첫마디였다.
"제발요. 그러면 전 확실히 죽을 거예요. 더글러스 아주머니는 종종 저한테 잘해주셨어요. 그래서 이렇게 알리러 온 거예요."

여기서, 헉 역시 톰과 같이 어린 소년이라는 점이 중요하다. 어른이라면 이 상황에서 고를 수 있는 선택지가 훨씬 많다. 인전 조와 직접 맞붙을 수도 있고, 마을 사람들에게 사실을 알려 위기를 극복할 방법을 찾을 수도 있다. 하지만 인전 조의 존재 자체가 두려운 아이들이 위험한 상황을 극복하기 위해 직접 행동에 나선다는 건 쉽지 않은 선택이다. 그러므로 헉의 말처럼 더글러스 부인이 자기에게 잘해준 기억 때문에 두려움을 이겨내고 도움을 요청하는 행동은 어른스럽고 용기 있는 모습이라고 볼 수 있다.

헉의 빠른 대처로 존스 노인과 두 아들은 총으로 무장한 뒤 언덕길을 달려 올라가고, 인전 조는 총소리에 놀라 달아나고 만다. 인전 조는 마을 사람들을 피해 맥두걸 동굴로 도망가 숨는데, 그때 톰과 베키는 맥두걸 동굴에서 길을 잃고 헤매다가 우연히 인전 조가 그곳에 숨어 있는 모습을 목격하게 된다. 톰과 베키는 다행히 탈출구를 찾아 마을로 돌아오고, 둘은 너무 지친 나머지 인전 조에 대한 생각은 완전히 잊은 채 회복에 전념한다. 그러는 사이 보름가량의 시간이 흘러간다.

몸을 추스른 톰은 헉을 만나러 가는 길에 새처 판사를 만나는데, 그는 톰에게 아이들이 다시는 위험에 처하지 않도록 동굴 출입문을 두꺼운 철판으로 막았다고 이야기한다. 그제야 톰은 동굴에 인전 조가 숨어 있었다는 사실을 떠올린다. 그리고 급하게 동굴로 찾아간 톰과 마을 사람들 앞에 동굴 안의 처참한 광경이 드러난다.

인전 조는 마지막 순간까지 자유로운 바깥세상의 빛과 자유를 그리워하는 눈빛으로 문틈에 바짝 얼굴을 갖다 대고 엎드린 채 죽어 있었다. 자신의 경험을 통해서 이 가련한 인간이 얼마나 고통스러워했을지 짐작할 수가 있었기 때문에 톰은 가슴이 뭉클했다. 그 사람에 대해 동정심을 느끼면서도 '이제는 살았구나!' 하는 생각에 안심이 되었다.

톰을 계속 불안하게 했던 인전 조가 죽음으로써 톰은 드디어 마음을 놓을 수 있었다. 마을 사람들은 인전 조를 동굴 입구 근처에 묻었고, 마을은 평화를 되찾는다. 다만 톰과 헉에게는 아직 중요한 일이 남아 있었다. 둘은 동굴의 비밀 통로를 통해 인전 조가 숨겨놓은 보물을 찾으러 간다. 동굴 속에서 톰과 헉을 기다리고 있는 것은 인전 조가 만들어놓은 비밀의 방과 그 안에 들어 있는 엄청난 금화였다. 그 금화를 가지고 마을로 돌아온 톰과 헉은 마을 사람들에게 이 사실을 알린다.

"헉에게는 돈이 많아요. 믿지 못하실 테지만, 엄청 많은 돈을 갖고 있다고요. 아, 그렇게 웃지 않으셔도 됩니다. 제가 그 증거를 보여드릴 테니까요. 잠시만 기다리세요." (중략)
그때 톰이 자루 두 개를 들고 낑낑대면서 방 안으로 들어왔다. 그 바람에 폴리 이모는 하던 말을 도중에서 끊고 말았다. 톰은 식탁 위에 누런 금화를 와르르 쏟아놓으며 말했다.

"자, 보세요. 제가 뭐랬어요? 이 중 절반은 헉의 몫이고, 나머지 절반은 제 몫이에요."

이제 톰과 헉은 영웅이 되었다. 이후 마을의 점잖은 사람들까지 모두 유령의 집을 찾아다니며 보물을 얻으려는 풍경은 당시 미국 사회의 골드러시 열풍을 떠올리게 한다. 위험을 두려워하지 않고 서부의 땅으로 가 금광을 찾으려는 개척자들의 모습과 여러 차례 위기를 극복하고 동굴 속에서 보물을 찾아낸 톰과 헉의 모습에 비슷한 면이 있기 때문이다. 다시 말해, 《톰 소여의 모험》은 당시 미국인의 마음속 열망을 제대로 포착해 낸 이야기라고 볼 수도 있을 것이다.

모험의 끝

이 소설은 결과적으로 악당인 인전 조가 죽고 영웅인 톰이 승리하는 이야기지만, 일부는 톰의 행동이 올바르지 않다고 생각할 수도 있다. 작가 역시 이런 톰의 삶을 그대로 본받으라는 목적으로 이 작품을 창작하지는 않았을 것이다. 그렇다면 작가는 사고뭉치 톰의 행동을 통해 당시 미국 사회에, 나아가 이 작품을 읽을 어른들에게 어떤 메시지를 전하려 한 것일까?

1905년에 뉴욕 브루클린 공공도서관에서는 '천진난만한 어린이들에게 나쁜 본보기가 될 수 있다'는 이유로 《톰 소여의 모험》을 금서로 선정하기도 했다. 작품에 등장하는 아이들이 저지르는 절도나 가출 등의 일탈 행동, 거친 말투 등이 아이들에게 나쁜 영향을 끼칠 수 있다고 여긴 것이다. 그러나 그런 어른들의 염려와 달리 이 소설을 읽는 어떤 아이는 작품 속 톰과 아이들의 행동을 통해 자기 자신을 돌아보는 시간을 갖게 되었거나, 생각을 긍정적으로 전환하는 방법을 배웠을지도 모른다.

　물론 사회의 질서를 위해서 아이들에게 규칙이나 규범을 가르치는 일은 매우 중요하다. 또 어른들에게는 아이들을 올바르게 이끌어야 할 책임도 분명히 있다. 다만 그렇다 하더라도 교육의 목적에서 아이들의 마음과 선택이 배제되어서는 안 된다. 폭력과 억압으로 키워낸 아이들이 어른이 되어 자유가 주어졌을 때 올바른 행동을 선택할 거라고는 기대하기 어렵기 때문이다. 어린 시절부터 자신에게 주어진 자유와 책임의 범위를 스스로 조율하는 법을 배우며 성장해야 성인이 되어서도 자신의 행동에 책임을 지고 타인에게 피해를 주지 않는 정도 내에서 권리를 누리려 노력할 수 있을 것이다.

　작품 마지막 부분에서, 폴리 이모는 톰에게 서운함을 드러낸다. 가출했다가 집으로 돌아왔을 때, 톰이 아무 말도 하지 않고 다시 섬으로 가버렸기 때문이다. 톰은 이모에게 걱정을 끼치고 싶지 않았지만, 친구들과의 계획을 들키고 싶지 않은 마음에 나뭇가지에 이모를 사랑하는 마음을 적어두고는 전달하지 못했다고 말한다.

> 이모는 윗옷 주머니를 뒤지기 시작했다. 그리고 톰이 나무껍질에 쓴 글을 읽고는 눈물을 줄줄 흘리면서 이렇게 말했다.
> "네가 비록 수만 가지 죄를 지었다 해도 나는 너를 용서할 수 있어!"

억지로 가르치려 하지 않아도 아이들은 어른들의 행동을 보고 배우며 스스로 성장해 나간다. 나름의 시행착오를 겪으며 사랑하고, 아파하고, 또 성찰하며 어른이 되어간다. 그것이 훨씬 더 자연스럽고 효과적인 교육이다. 아이를 있는 그대로 바라보고 지켜주며 인정해 주는 어른들이 많아진다면, 지금보다 조금은 더 행복한 세상이 되리라 믿는다. 바로 그것이 톰과 조, 헉뿐만이 아닌 모든 아이가 원하는 세상일 것이다.

누가 읽으면 좋을까?

톰을 한마디로 표현하면 '장난꾸러기 소년'이다. 그 또래 아이들이 보통 그렇듯 학교 공부보다는 재미있는 놀이에 더 관심이 많고, 친구들과 장난치는 걸 무척 좋아한다. 그 흥미진진한 일상과 모험담을 읽어나가는 것만으로도 가슴이 뛸 정도로, 톰은 항상 밝고 에너지가 넘친다. 비록 어른들에게 매일같이 꾸중을 듣긴 하지만, 톰의 행동에 악의는 없다.

이 소설을 읽는 어른들은 톰의 모습을 통해 자신의 어린 시절 추억을 떠올릴 수도 있을 것이고, 그때 차마 행동으로 옮기지 못했던 어떤 욕망을 대신 실현해 주는 듯한 느낌을 받을 수도 있을 것이다. 소설의 머리말에 쓰인 마크 트웨인의 말을 봐도 그렇다.

> 나는 아이들에게 즐거움을 주기 위해 이 작품을 썼다. 하지만 그렇다고 해서 어른들에게 외면당하지 않았으면 좋겠다. 어린 시절 자신들이 어떤 모습이었는지, 어떻게 느끼고 생각하고 이야기했는지, 그리고 가끔 어떤 이상한 짓에 몰두했는지를 어른들이 즐거운 마음으로 회상하도록 하는 것이 내 바람이었기 때문이다.

나이가 들어갈수록 누적된 경험이 쌓이다 보면 조금씩 시행착오도 줄어들고 매사에 더 신중해진다. 반면에 새로운 것을 시도하는 일에는 망설이게 되고, 무모하게 도전할 용기도 점점 사라진다. 그런 어른들이 《톰 소여의 모험》을 읽어나가다 보면 한 번쯤은 결과를 두려워하지 않고 마음이 이끄는 대로 일단 저질러볼 용기를 얻을 수 있지 않을까. 문학 작품을 통해 삶의 태도를 고민하고 변화시킬 수 있는 경험은 소중하다.

허클베리 핀의 모험

The Adventures of Huckleberry Finn, 1884

작품의 줄거리

《톰 소여의 모험》에서 이어지는 이야기인 이 작품은 허클베리 핀의 입장에서 이야기가 진행된다. 허클베리 핀은 더글러스 부인의 양자가 되었고, 더글러스 부인의 동생인 왓슨 부인에게서 예절과 교양 교육을 받게 된다. 그는 힘들어했지만, 학교에 다니며 그럭저럭 자신의 생활에 익숙해지고 있었다.

그러던 중 소식이 끊겼던 주정뱅이 아버지가 허클베리 핀을 찾아와 아들을 위협하며 재산을 모두 빼앗으려고 한다. 다행히 새처 판사의 도움으로 돈을 빼앗기지는 않았지만, 허클베리 핀이 이자로 매일 받는 돈은 아버지가 술을 마시고 행패를 부리는 데 사용된다. 그러다 결국 아버지는 허클베리 핀의 재산을 전부 차지하려는 욕심으로 아들을 강제로 끌고 가 강변의 통나무집에 가둬두고 함께 지내기 시작한다.

아버지는 폭력을 휘둘렀고, 그 정도는 점점 심해져 급기야 술에 취한 아버지가 헛것을 보며 허클베리 핀을 죽이려고까지 하는 데 이른다. 허클베리 핀은 결국 아버지가 멀리 떠난 사이 근처에 돌아다니던 돼지를 잡아 집 안에 피를 가득 묻히고 자신이 죽은 것처럼 꾸민 뒤 탈출해 잭슨섬으로 도망친다.

　자신을 찾아다니는 마을 사람들을 피해 잭슨섬에서 생활하던 허클베리 핀은 섬에 숨어 있던 왓슨 부인의 흑인 노예 짐을 만나게 된다. 짐은 왓슨 부인이 자신을 팔아넘기려 한다는 이야기를 몰래 듣고 마을을 탈출해 그곳에 숨어 있었고, 둘은 서로의 비밀을 지켜주기로 약속하고는 함께 섬의 동굴 속에서 지내며 서로를 조금씩 의지하게 된다.

　그러다 둘은 마을 사람들이 짐을 잡으려고 잭슨섬에 찾아오려 한다는 소식을 듣고 급하게 뗏목을 타고 섬을 떠난다. 그리고 강의 하류로 내려가면서 여러 마을을 지나게 된다. 그렇게 세인트루이스 하류에 이르렀을 때, 둘은 바위에 부딪쳐 난파한 증기선을 발견한다. 그들은 난파선에 건질 물건이 있을까 해서 들어갔다가, 그 안에서 한 사람을 결박한 채 총을 겨누고 있는 사람들을 발견한다. 허클베리 핀은 그들이 배를 침몰시킨 뒤 떠나려 한다는 걸 알고 짐과 함께 도망치려 하지만, 뗏목이 이미 떠내려가 버려 난파선에 갇힌 신세가 되고 만다. 다행히 둘은 보트를 발견해 배에서 탈출하고, 허클베리 핀은 배 안의 악당들이 마음에 걸려 마을 사람들에게 난파선이 있다는 소식을 알리고 돌아온다.

  자유의 도시 케이로로 향하며 설레하는 짐을 보면서 허클베리 핀은 고민에 빠진다. 그가 학교에서 배운 대로라면 재산으로 취급되는 흑인 노예가 도망치는 걸 보면 신고를 하는 게 양심에 맞는 일이기 때문이다. 그가 짐을 밀고해야 하나 고민하고 있는데, 총을 든 두 사내가 배를 타고 다가와 도망친 흑인 노예를 보지 못했느냐 묻는다. 허클베리 핀은 짐을 위해 뗏목에 천연두 환자가 있는 것처럼 속여 위기를 모면한다.

  어느 날, 그들은 누군가에게 쫓기고 있는 두 사내를 뗏목에 태워준다. 서른 살가량의 사내는 자신을 '공작의 직계 자손'이라고 소개했고, 일흔 살가량의 노인은 자신을 '프랑스의 황태자'라고 소개했다. 이 두 사람이 허풍쟁이에다 사기꾼이라는 사실은 나중에 밝혀지는데, 당장은 뗏목 안의 평화를 위해 그럭저럭 맞춰주는 생활을 이어간다.

  왕(노인)과 공작(사내)은 이후 들르는 마을마다 사기 행각을 벌인다. 거짓 복음을 전파하는가 하면, 형편없는 연극 공연을 펼치고는 도망치기도 한다. 한 마을에서는 피터 영감의 임종 소식을 듣고 형인 윌크스 영감 행세를 하며 피터 영감의 유산과 재산을 몽땅 가로챌 계획을 세운다. 이 계획은 거의 성공할 뻔하지만, 허클베리 핀이 양심의 가책을 느끼고 피터 영감의 딸인 메리 제인에게 모든 진실을 알려준다. 이후 진짜 윌크스 영감의 형인 하비가 마을에 찾아와 결국 왕과 공작의 사기 행각이 밝혀지고, 셋은 간신히 뗏목을 타고 도망친다.

이후 셋은 서로를 믿지 못하게 된다. 다음 마을에서 왕과 공작은 허클베리 핀 몰래 짐을 노예 사냥꾼들에게 팔아넘기고 그 돈으로 마을에서 사기를 칠 계획을 세운다. 허클베리 핀은 짐을 구하기 위해 아칸소주의 펠프스 농장에 찾아가고, 그곳에서 우연히 톰 소여를 기다리고 있던 샐리 이모를 만나게 된다. 그날은 마침 톰 소여가 이 농장에 찾아오는 날이었고, 허클베리 핀은 톰을 만나 자신이 톰의 행세를 하고 톰은 시드의 행세를 하며 짐을 구할 계획을 세운다.

그런데 톰은 짐을 빨리 구출하는 것보다 먼저 여러 거창한 계획을 세우려 한다. 일부러 더러운 감옥을 꾸미고, 문맹인 짐에게 글자를 가르쳐 탈출 전에 메시지를 남기게 하고, 범죄 예고문을 집에 남겨 마을 사람들이 총으로 무장하고 모일 정도로 일을 크게 벌인다. 이런 위기 상황에서도 허클베리 핀과 톰은 짐을 데리고 탈출에 성공하지만, 결국 톰은 장딴지에 총알을 맞고 만다.

톰을 치료하기 위해 허클베리 핀은 의사를 부르고, 그 와중에 짐은 다시 붙잡히게 된다. 분노에 빠진 사람들이 짐을 죽이려고 하지만, 톰을 위해 헌신한 짐의 모습을 증언해 준 의사 덕에 죽음을 면한다. 상처가 나은 톰은 사실 짐이 이제 노예가 아니라는 이야기를 해준다. 왓슨 부인이 유언을 남겨 짐을 노예 신분에서 해방시켜 주었기 때문이다. 사실 톰은 재미있는 모험을 하고 싶어 짐이 더 이상 노예가 아닌 걸 알고도 탈출극을 꾸몄던 것이다.

사람들은 톰을 간호해 준 짐을 잘 대접해 주었고, 톰 역시 짐에게 40달러라는 거금을 선물로 준다. 톰은 짐과 허클베리 핀에게 인디언들과 모험을 떠나자는 제안을 하고, 허클베리 핀은 샐리 이모가 자신을 양자로 삼으려 하니 어디로든 떠나야겠다고 생각하며 이야기가 마무리된다.

작품에 대한 평가

《톰 소여의 모험》에서 이어지는 이야기인 이 작품은 마크 트웨인의 작품 중 가장 우수한 작품으로 꼽힌다. 보통 속편은 원작의 인기나 작품성을 뛰어넘기 어렵다고들 하지만, 《허클베리 핀의 모험》은 '미국 문학의 정수'라고 표현될 정도로 호평을 받았다. 헤밍웨이는 "미국의 모든 현대문학은 마크 트웨인이 쓴 《허클베리 핀의 모험》이라는 책 한 권에서 비롯했다."라며 극찬했다. 그만큼 미국인들에게 가장 유명하고 인기 있는 작품이라고 해도 과언이 아닐 것이다.

물론 이 작품에 대해 아쉬운 부분을 지적하거나 부정적인 평가를 내린 경우도 있다. 실제 작품이 출간되었을 때 여러 도서관에서 청소년이 읽기에 부적절하다는 이유로 금서로 지정되기도 했으며, 주인공 허클베리 핀의 모습이 도덕적이지 않다는 비난을 받기도 했다. 작품에서 허클베리 핀은 거짓말을 일삼으며 도덕적 기준이 낮은 듯한 모습을 보인다. 남의 농작물이나 닭을 훔치는 행위를 '빌려온다'라고 표현하는 모습, 왕과 공작과 함께 사기 행각에 참여하거나 적극적으로 말리지 않는 모습 등은 청소년들에게 나쁜 영향을 끼칠 수 있다는 평가를 받을 만하다. 또 작품의 구성 면에서도 이야기의 연결이 매끄럽지 못하고 여러 이야기가 다소 느슨하게 결합해 있다는 평가를 받았다.

이런 부정적인 평가를 예상이라도 한 듯, 마크 트웨인은 작품의 머리말에 아래와 같은 '경고문'을 넣어놓았다.

이 이야기에서 어떤 동기를 찾으려고 하는 자는 기소할 것이다.
이 이야기에서 어떤 교훈을 찾으려고 하는 자는 추방할 것이다.
이 이야기에서 어떤 플롯을 찾으려고 하는 자는 총살할 것이다.

작가의 의도가 담겨 있는 경고문이겠지만, 이 작품 속 이야기들은 인과관계가 명확하지 않거나 우연히 발생하는 사건을 통해 문제가 해결되는 경우가 많다. 한 편의 이야기라기보다 여러 에피소드가 결합한 형태의 이야기책을 보는 듯한 느낌이라서, 소설의 완성도 측면에서 본다면 부족한 부분이 있는 것도 사실이다.

하지만 작품을 읽어나갈수록 그 안에 흠뻑 빠지게 만드는 마크 트웨인의 글솜씨나 당시 미국 사회의 현실적인 모습을 담아낸 점은 이 작품이 지닌 굉장한 매력이다. 당시 미국 남서부 지방에서 주로 사용하던 사투리나 속어 표현들은 작품의 생동감을 높여주고, 뗏목이라는 장치를 통해 강을 이동하면서 여러 마을에 들러 마주하는 사건들은 미국적인 풍경을 그리워하는 사람들에게 추억을 불러일으킨다. 특히 흑인 노예인 짐과 함께 마을을 탈출하는 모습이나 짐의 처지를 보며 자신이 배웠던 기존 관념에 대해 고민하고 윤리적인 선택을 하는 허클베리 핀의 모습은 매우 인상적으로 그려진다. 그런 점에서 이 작품은 허클베리 핀의 성장 이야기인 동시에, 노예제에 대한 미국인들의 인식 전환을 위한 동력이 된 작품이라고 평가할 만하다.

허클베리 핀과 아버지

원작인 《톰 소여의 모험》에서 허클베리 핀의 아버지는 주정뱅이로 묘사될 뿐 작품에 비중 있게 등장하지 않지만, 《허클베리 핀의 모험》에서는 비중이 늘어나면서 허클베리 핀과의 갈등 관계가 부각된다.

    더글러스 부인과 함께 사는 생활이 익숙해진 허클베리 핀 앞에 어느 날 예고 없이 아버지가 나타난다. 쉰이 다 된 나이에 머리카

락은 뒤엉켜 있고 넝마 같은 옷을 걸치고 있는 그는 다짜고짜 허클베리 핀에게 화를 낸다.

"이제 건방 떨고 잘난 체하는 짓은 집어치워. 나는 그런 꼴 못 본다, 못 봐. 요 당돌한 녀석! 내가 몰래 지켜보고 있겠다. 만약 학교 근처에서 붙잡히는 날에는 실컷 두들겨 패줄 테다. 그러다가 예수쟁이까지 되겠구나. 난 그런 자식 못 본다."

허클베리 핀의 아버지는 자식에 대한 원망과 함께 다짜고짜 돈을 내놓으라며 행패를 부린다. 그렇게 돈을 빼앗은 아버지는 새처 판사에게 찾아가 아들의 돈을 내놓으라며 위협하고, 판사가 거절하자 법적으로 아들에 대한 소유권을 확보한다. 이후로도 아버지는 계속 새처 판사에게 가 돈을 내놓으라고 협박하거나 허클베리 핀을 붙잡아 매질한다. 그러다 결국 강제로 허클베리 핀을 외딴 강변의 통나무집으로 데리고 간다.

이후 허클베리 핀은 죄수처럼 감금당한다. 밤에 도망가지 못하도록 문을 자물쇠로 잠가놓았고, 학교에도 보내지 않고 채찍질을 해댄다. 허클베리 핀은 도망갈 엄두도 못 내고 두려움에 떤다. 그러던 어느 날, 술에 취해 미친 사람처럼 주정을 부리다가 자기에게 잭나이프를 집어 들고 달려드는 아버지의 모습을 본 뒤 허클베리 핀은 그곳에서 탈출하기로 마음먹는다.

잭나이프를 집어 들고는 방 안을 이리저리 쫓아다니며 나를 '죽음의 천사'라고 하면서 '네 놈을 죽이면 두 번 다시 나를 공격할 수 없을 것'이라고 고래고래 소리를 질러댔다. 나는 살려달라고 애원하며 천사가 아니라 그저 헉에 지나지 않는다고 했지만, 아빠는 찢어지는 듯한 목소리로 웃고 욕설을 퍼부으며 계속 내 뒤를 따라다녔다.

이쯤 되면 아버지라기보다 악당이라고 표현하는 것이 더 적절할 듯하다. 나쁜 악당이라고 생각하면 술에 취해 인사불성일 때 공격하거나 꾀를 내 도망칠 법도 하다. 하지만 허클베리 핀은 잠이 든 아버지에게 총구를 겨누고도 끝내 발사하지 못한다. 어릴 때 발에 묶인 쇠사슬에 적응해 버린 코끼리가 성체가 된 뒤에도 그것을 끊어낼 생각을 하지 못하는 것처럼, 어렸을 때부터 아버지의 폭력에 노출된 허클베리 핀은 아버지를 보기만 하면 반사적으로 겁을 내며 아무런 행동도 취하지 못하는 것이다.

결국 허클베리 핀은 야생 돼지를 잡아 집 안에 피를 잔뜩 바르고 자기가 죽은 것처럼 꾸민 뒤 잭슨섬으로 도망친다. 아버지와의 갈등을 회피하고 만 셈이니 문제를 올바르게 해결했다고 말하기는 어렵지만, 어린 허클베리 핀이 그 상황에서 선택할 수 있는 최선의 방법이지 않았을까 싶다.

허클베리 핀은 결국 아버지가 죽고 나서야 그 폭력에서 벗어날 수 있었다. 세상의 어떤 폭력도 정당화될 수 없지만, 특히 어린아이나 자식에게 가하는 폭력은 아이의 기억 속에 끔찍한 악몽으로 자리 잡아 언제까지고 남게 된다. 프란시스코 페레의 "꽃으로도 아이를 때리지 말라."라는 말이 떠오르는 대목이다.

미시시피강과 강변 마을의 풍경

미시시피강은 미국의 중심부를 북에서 남으로 관통하는 긴 강으로, 미국 개척시대에 교통의 중심이자 발전과 번영의 상징이었다. 강폭도 넓어 큰 증기선이 다닐 수 있었기 때문에 일종의 자연 운하 역할을 했고, 오늘날까지도 물류가 이동하는 주요 수송로 기능을 하고 있다.

이 강을 따라 여행하는 허클베리 핀과 짐의 이야기는 당시 미국의 모습을 생생히 보여준다. 앞서 언급한 것처럼 이야기 사이의 연결성이 약해 보이는 것이 단점일 수 있지만, 다양한 미국 사회의 모습을 있는 그대로 그려놓았다는 점은 이 작품의 가치를 높게 평가할 만한 부분이다. 비록 우리가 쉽게 공감할 수 있는 역사적 배경은 아니겠지만, 미국이라는 나라와 미국인들의 정신을 이해하기에는 이보다 더 좋은 작품이 없을 듯하다.

이틀째 되던 날 밤, 우리는 시속 8킬로미터가 넘는 속도로 일곱 시간에서 여덟 시간 동안 강을 따라 내려갔다. 우리는 고기를 낚았고, 이야기도 나누었으며, 때때로 졸음을 쫓기 위해 헤엄도 쳤다. 벌렁 나자빠져서 하늘의 별을 쳐다보며 유유히 흐르는 큰 강을 떠내려가는 것. 이 시간이 뭐랄까, 엄숙하게 느껴졌다.

넓은 미시시피강 위를 흘러가는 뗏목 위에서 바라보는 자연의 모습은 웅장하고 평화롭다. 허클베리 핀이나 짐에게는 사람들에게 들키지 않는 강 위의 뗏목이 안전하고 평화로운 공간이다. 반면 사람들이 모여 사는 도시나 강변 마을은 위협의 공간이자 생존을 위한 투쟁의 공간이 된다. 자유롭게 살 수 있는 도시를 찾아 강변의 여러 마을을 헤매는 둘의 모습은 삶의 목표를 이루기 위해 끊임없이 살아가는 사람들의 모습과 같다. 목표를 향해 하루하루 노력하는 사람들에게 휴식을 취할 수 있는 장소가 중요하듯, 허클베리 핀과 짐에게 뗏목은 수많은 시선 속에서 자신들의 존재를 숨길 수 있는 휴식과 회복의 공간이다.

둘의 모험에 등장하는 강변 마을의 풍경은 다채롭다. 증기선 때문에 뗏목이 부서져 혼자 육지에 도착한 허클베리 핀은 또래 소년인 벅의 집에 머물게 된다.

참으로 훌륭한 집안이었고 집도 아주 근사했다. 나는 지금껏 시골에서 이만큼 훌륭하고 멋진 집을 본 적이 없다. (중략) 벽난로 선반 한복판에는 시계가 놓여 있었고, 그 시계의 정면 유리 아래쪽에는 어떤 도시가 그려져 있었으며, 그 한복판은 태양이었고 그 뒤에서 추가 흔들리는 것이 보였다.

집주인인 그레인저포드 대령은 커다란 농장과 백 명이 넘는 흑인 노예를 소유하고 있고, 주변에도 비슷한 규모의 농장을 소유한 여러 가문이 있다. 그레인저포드 집안은 세퍼드슨 집안과 깊은 원한이 있어, 마주치기만 하면 총을 쏴대는 사이다. 허클베리 핀과 비슷한 나이인 벅도 총을 들고 집안 간 전쟁에 참여하는데, 결국 세퍼드슨 집안사람들이 쏜 총에 맞아 물에 떠내려가고 만다. 이를 보면 평화로운 전원 풍경과는 달리 폭력과 총알이 난무하던 시대였음을 알 수 있다.

허클베리 핀은 왕과 공작의 사기 행각 때문에 붙잡힌 짐을 구출하기 위해 펠프스 농장을 찾아간다. 어디서 어떻게 짐을 찾아야 할지 고민하는 허클베리 핀 앞에 보이는 펠프스 농장의 풍경은 평화롭기만 하다.

백인이 살고 있는 집은 통나무집 두 채를 하나로 이어 만든 큰 집이었다. 잘 다듬지 않은 재목에다 틈새를 진흙과 모르타르로 발라놓았고, (중략) 그 건너편에는 흑인 노예들이 사는 통나무로 지은 조그만 오두막 세 채가 한 줄로 죽 늘어서 있었고, 그 반대편 조금 떨어진 곳에는 딴채가 몇 개 더 있었다.

농장의 풍경은 그 시대의 문화를 잘 드러낸다. 목화 농장의 특성상 많은 인력이 필요했을 것이고, 당시는 그 인력의 대부분을 흑인 노예들로 충당했다. 백인은 돈을 주고 노예를 샀으니 주인이 되는 것이고, 흑인은 낯선 땅에 팔려 와 당장 생존을 걱정해야 하니 노예로서의 삶에 의문을 가질 수 없었다. 시간이 흐르면서 이 계급 구분은 더욱 공고해졌고, 당시 미국 사회에서는 노예제가 당연한 사회 시스템으로 작동했다. 철저하게 구분된 백인들의 집과 흑인들의 오두막처럼 말이다.

오늘날 평등의 가치를 기준으로 이 시대 사람들을 평가할 수는 없다. 우리 역시 그 시대에 태어나고 살았더라면 그때의 제도와 관습에 따라 살아갈 수밖에 없었을 테니까 말이다. 세상을 바꾸려면 결국 문제의식을 드러내고 직접 행동하는 누군가가 필요하다. 마크 트웨인은 바로 그런 누군가였다. 허클베리 핀과 짐의 관계에서 우리는 세상을 바꾸고자 하는 그의 강렬한 의지를 읽어낼 수 있다.

사기꾼이 넘치는 세상

'골드러시'라는 말로 대표되는 시대. 일확천금을 노리는 사람들로 미국 서부 개척의 붐이 일어나고, 누군가가 금광을 발견했다는 이야기에 다들 매료되던 때였다. 즉 돈의 가치가 최우선이던 시대라 할 수 있다. 이러한 개척 시대에는 법보다 폭력이 더 가까웠으며, 자신의 이익을 위해 남을 속이는 것이 당연시되었고, 심지어 생명을 위협하는 일까지도 흔하게 일어났다. 허클베리 핀과 짐 앞에 나타난 두 명의 사기꾼은 이런 시대의 전형적인 인물이다.

"나는 치석을 제거하는 약을 팔고 있었어요. 그런데 그 약은 치석을 제거할 뿐 아니라 치아의 에나멜도 벗겨버리지요. 그 마을을 진작 떠났어야 했는데…… 슬슬 뺑소니를 치려던 참에 마을 이쪽 길에서 영감을 만나게 된 것입니다."

서른 살가량의 사내는 가짜 약을 파는 사기꾼으로, 마을에서 도망친 신세다. 허클베리 핀과 짐의 도움으로 탈출에 성공하자마자 자신에게 출생의 비밀이 있다면서 공작의 직계 자손이라고 밝히고 그에 걸맞은 대접을 받으려고 한다. 함께 탈출한 노인 역시 비슷한 사기꾼이다.

"주로 복음 사업을 하지. 모든 종류의 복음 사업을 다 한다네. 부흥회를 후원해 주거나 부흥회를 직접 열기도 해. 야외 예배 모임을 주선하기도 하고, 한 주일 푹 쉬고 싶은 목사가 있으면 대신 설교를 맡아주기도 하지. 또 선교 일도 한다네. 수입은 선교 일이 어떤 다른 일보다 짭짤한 편이야. 하나님의 복음을 전할 야만인들이 아주 먼 곳에 살고 있다고 하면, 사람들은 그 야만인들을 위해 더 많은 헌금을 바로 내놓거든."

일흔 살이 넘은 노인은 신자들을 속여 먹는 사기꾼으로, 가짜 의사 짓을 했던 일도 아주 자랑스럽게 이야기한다. 그리고 자신이 공작이라고 사기를 치는 사내에게 화가 나 자기는 프랑스의 황태자라고 거짓말을 한다. 그래도 사기꾼끼리 통한 것이 있었는지, 둘은 금세 의기투합해서 뗏목을 타고 마을을 돌아다니며 사기 행각을 벌일 계획을 세운다.

자기들을 유명한 연극배우라고 속여 마을에서 연극 공연으로 돈을 벌자는 계획을 세운 둘은 〈로미오와 줄리엣〉의 대본을 연습하거나 칼싸움 연습을 하며 시간을 보내지만, 허클베리 핀에게는 그 모습이 우스꽝스럽게 보일 뿐이다. 사실 제대로 연극을 하려는 게 아니라 사기를 치는 게 목적이니 당연할지도 모르겠다.

우리는 참으로 운이 좋았다. (중략) 서커스단은 날이 어두워지기 전에 떠날 것이니, 그러고 보면 우리 연극 공연은 아주 좋은 기회를 얻게 된 셈이다. 공작은 큰 저택을 하나 빌렸고, 우리는 광고지를 붙이며 돌아다녔다.

그들은 온갖 거짓말로 가득한 허위 광고지를 마을에 뿌려댔지만, 연극을 보러 온 사람은 열 명 남짓밖에 안 되었다. 이를 보고는 얼른 광고 문구를 바꿔 다시 많은 사람을 유혹하는 데 성공하지만, 관객들은 우스꽝스러운 모습만 보이는 둘에게 화를 낸다. 그런데 오히려 둘은 다른 사람들도 속아야 똑같은 처치가 되는 것이니, 사람들이 이 연극을 볼 수 있게 홍보해 달라고 한다. 이튿날은 다른 마을 사람들까지 이 엉망인 공연을 보러 왔고, 사흘째 되는 날 사람들은 사기꾼을 응징하려고 온갖 썩은 물건들을 주머니에 넣고 연극을 보러 온다. 관객들이 공연장에 가득 차자 공작은 한 사내를 붙잡고 잠시 문지기 일을 부탁한 뒤 허클베리 핀을 데리고 모퉁이를 돌아 뗏목으로 도망친다.

나는 왕이 구경꾼들에게 단단히 혼이 나고 있을 거라고 생각하고 있었다. 그런데 천만의 말씀. 얼마 지나지 않아 왕은 뗏목의 오두막 아래에서 기어 나오면서 이렇게 말하는 것이었다.
"그런데 공작, 오늘 저녁은 재미가 어땠나?"
왕은 처음부터 마을에는 얼씬도 하지 않았던 것이다.

허클베리 핀만 데리고 도망친 공작, 아예 공연장 근처에는 처음부터 가지도 않았던 왕. 어디까지 계산을 한 건지 짐작하기도 어렵다. 이 정도는 되어야 어디 가서 사기꾼이라고 말할 수 있지 않을까. 어떻든 두 사기꾼은 사흘 밤 동안 465달러를 벌어들였다.

이들의 사기 행각은 갈수록 도를 넘는다. 둘은 마을을 떠나는 한 젊은이에게서 상세한 정보를 입수한 뒤 죽은 피터 영감의 재산을 빼앗을 계획을 세운다. 둘은 죽은 피터 영감의 형제 행세를 하기로 한다. 영국에서 막 돌아온 것처럼 꾸며 피터 영감 집안의 돈과 땅을 다 팔아버릴 작정이었다.

> 두 사람은 관 있는 데까지 걸어가서 몸을 굽혀 들여다보고는, 뉴올리언스까지 들릴 만큼 큰 목소리로 엉엉 통곡하기 시작했다. 그러고는 서로 껴안고 삼사 분 동안 울었는데, 나는 남자들이 그렇게 눈물을 흘려대는 모습을 처음 봤다.

혼신의 연기 덕분에 마을 사람들은 둘의 정체를 의심하지 않았고, 피터 영감의 딸들 역시 둘에게 완전히 속아버린다. 둘은 현금 6000달러를 챙긴 다음, 집과 땅을 모두 팔아버리기 위해 조카딸들을 데리고 영국으로 떠나겠다고 거짓말을 한다. 둘의 태도에 양심의 가책을 느낀 허클베리 핀은 돈을 몰래 훔쳐 피터 영감의 관 속에 숨겨두고 큰딸인 매리 제인에게 사실을 알려준다.

> "큰 소리 내면 안 돼요. 조용히 앉아서 내 말을 잘 들어줘요. 나는 사실을 얘기해야만 하고, 당신은 정말 용기를 내지 않으면 안 돼요. 끔

짹하게 들리겠지만, 달리 방법이 없어요. 당신의 백부와 숙부라고 하는 사람들은 진짜 백부와 숙부가 아니라 사기꾼들입니다. 진짜 불한당 같은 놈들이라고요."

허클베리 핀의 양심 고백은 그의 성장을 보여주는 대목이다. 그는 마을에 있을 때는 말썽꾸러기에다 거짓말도 잘하던 아이였고, 사기꾼들의 사기 행각을 말리기보다 오히려 가담하는 모습도 보였다. 그러던 그가 양심의 가책을 느끼고 진실을 알려주는 것은 잘못을 바로잡기 위함이다. 비록 사기꾼들은 붙잡혔다가 다시 탈출하게 되지만, 허클베리 핀이 양심의 소리를 듣고 행동한 것만으로도 이미 변화가 시작된 것이라 할 수 있다.

이제 허클베리 핀과 짐은 두 사기꾼을 버리고 뗏목과 함께 떠날 계획을 세운다. 어느 날 왕과 공작과 함께 마을로 간 허클베리 핀은 기회를 틈타 뗏목으로 혼자 도망쳐 오지만, 짐이 사라졌다는 사실을 알아챈다. 왕이 짐을 팔아버리고 그 돈으로 또 다른 사기를 치려고 한 것이었다. 물론 왕과 공작에게 짐은 사람대접을 해줄 존재가 아니었겠지만, 그동안 함께 여행했던 일행을 팔아넘긴 행동은 둘의 인간성이 최악이라는 것을 증명한다. 그들은 결국 소설 마지막에 죗값을 치르게 된다.

우리는 그 행렬이 지나가도록 길 한쪽으로 얼른 비켰다. 사람들이 지나갈 때 보니 왕과 공작을 긴 나무막대에 매달아 지고 가는 것이 보였다. 둘 다 온몸이 타르 범벅이 된 채 깃털로 덮여 있어서 도저히 사람처럼 보이지 않았다. 하지만 나는 분명히 왕과 공작이라는 것을 알 수 있었다. 마치 한 쌍의 커다란 군인 모자의 깃털 장식처럼 보였다. 그것을 보자 메스꺼워졌다. (중략) 인간이란 다른 인간에게 이렇게 잔인할 수 있는 존재다.

그들은 연극 공연으로 또 사기를 치려다가 마을 사람들에게 붙잡혀 형벌을 당한다. '타링'이라고 부르는 이 형벌은 타르를 온몸에 바른 후 깃털을 붙여 마을을 행진하며 수치스러움을 주는 일종의 고문이다. 타르가 몸에 달라붙어 잘 떨어지지 않기 때문에 삭발을 해야 하는 것은 물론이고, 피부가 함께 벗겨지면서 사망에 이르거나 살아남더라도 눈에 띄는 낙인 효과가 발생한다. 물론 죄를 지은 사람들에게 마땅한 벌을 주는 것은 당연하지만, 법의 울타리를 벗어난 기준 없는 처벌은 과한 폭력이 될 수 있다는 점 또한 생각해 볼 필요가 있다.

허클베리 핀과 흑인 노예 짐

둘의 첫 만남이 특별했던 것은 아니다. 허클베리 핀에게 짐은 왓슨 부인의 흑인 노예일 뿐이었다. 허클베리 핀은 이상한 마술을 부리는 짐에게 찾아가 아빠가 찾아올 것 같다며 고민을 털어놓지만, 이는 요술의 힘을 빌리고 싶어서이지 짐을 의지하거나 고민 상담을 한 것은 아니었다. 별 인연이 아니었던 둘은 잭슨섬에서 만난 뒤부터 묘한 관계가 된다.

짐은 왓슨 부인이 자기를 팔겠다는 말을 듣고 불안에 떨다가 도망친다. 갈 곳이 없던 그는 작은 보트를 훔쳐 잭슨섬에 숨어든다. 이때 먼저 잭슨섬에 들어와 숨어 있던 허클베리 핀을 만나게 된다. 백인과 흑인이지만, 마을 사람들에게 들키면 안 된다는 공통점을 가진 둘은 함께 잭슨섬에서 숨어 지내는 동료가 된다.

> 담배를 가지러 동굴 속으로 들어갔을 때 동굴 안에 방울뱀 한 마리가 있었다. 나는 그놈을 죽여 담요 끝에다 마치 살아 있는 것처럼 둘둘 똬리를 튼 모양으로 놔두었다. 짐이 그놈을 발견하면 재밌는 일이 일어날 거라고 생각했기 때문이다. 그런데 밤이 될 때까지 나는 그 뱀 생각을 까맣게 잊어버리고 말았다. 내가 불을 켜고 있는 동안 짐이 담요 위에 털썩 나자빠졌는데, 마침 거기에 와 있던 죽은 뱀의 짝이 짐을 물어버린 것이다.

독사에게 물린 짐은 나흘 밤낮을 꼬박 앓은 뒤 간신히 살아난다. 그런 짐에게 자신의 장난을 고백하지 못하는 허클베리 핀은 아직 어린 소년에 가깝다. 하지만 허클베리 핀은 고통스러워하는 짐을 바라보면서 후회하는 모습을 보인다. 이는 짐을 흑인 노예가 아닌 인간으로 대하는 태도라 할 수 있다. 함께 동굴에서 생존해야 하는 특수한 상황에 놓이면서 짐에 대한 허클베리 핀의 인식이 조금씩 바뀌어가고 있는 것이다.

둘은 마을을 떠나 뗏목을 타고 여행하면서 점점 더 가까워진다. 짐과 이야기를 주고받으며 허클베리 핀은 "이런 검둥이는 난생처음이었습니다."라고 말한다. 짐은 왕정에 대한 비판, 종교에 대한 비판, 노예제에 대한 비판을 쏟아내는데, 이는 당시 흑인 노예들의 생각이라기보다는 마크 트웨인의 생각이 투영된 내용이라 보는 게 적절하다. 작가는 이렇게 소설 속 인물의 입을 빌려 자기 생각을 거침없이 드러내고 있다.

그러다 둘의 관계에 중요한 변화가 생기는데, 바로 짐이 가고 싶어 한 자유 도시인 케이로에 가까워지면서부터다. 짐은 케이로를 찾지 못해 불안해하면서도, 그 자유로운 세계에 가까이 다가가고 있다는 사실만으로도 무척 행복해한다. 문제는 이를 바라보는 허클베리 핀의 마음이 복잡해졌다는 데 있다.

그런데 짐의 말을 듣고 나니 나도 온몸이 후들후들 떨리고 열이 났다. 이젠 그가 자유의 몸이 된 것이나 마찬가지라는 생각이 갑자기 떠올랐기 때문이다. 과연 그건 누구의 책임일까? 바로 내 책임이었다. 암

만해도 이 생각을 양심에서 떨구어낼 수가 없었다. 그것이 나를 괴롭혀서 마음의 안정을 얻을 수가 없었다.

짐의 탈출에 왜 갑자기 양심 이야기가 나올까? 이 부분에서 당시 흑인 노예를 바라보는 백인들의 시선을 알 수 있다. 허클베리 핀 역시 어리기는 하지만 백인 아이로서 백인 사회의 문화를 습득하면서 자랐다. 짐은 흑인 노예이고, 노예의 탈출을 돕는 일은 그 주인에게 금전적인 손해를 끼치는 일이다. 게다가 왓슨 부인은 자신에게 무척 잘해주었으니, 지금 자신의 행동은 벌을 받아야 마땅한 일이 되는 것이다. 그렇게 고민하던 끝에 결국 짐을 밀고하기 위해 카누를 타고 떠난 허클베리 핀 앞에 총을 든 두 사내가 탄 작은 보트가 다가온다.

"오늘 밤 검둥이 다섯 놈이 도망쳤다. 네 뗏목에 타고 있는 건 백인이냐 검둥이냐?"
나는 얼른 대답하지 못했다. 대답하려고 했지만, 입이 떨어지지 않았다. 언뜻 '용기를 내어 말해버릴까' 하는 생각도 들었지만, 차마 그럴 용기가 나지 않았다.

'말할 용기'가 '짐을 고발하는 것'이라는 점은 안타깝지만, 중요한 것은 허클베리 핀이 이 순간 고민을 했다는 점이다. 총을 든 백인들에게 짐의 존재를 말하는 것은 도망 노예를 잡는 데 도움을 준 것이니 마땅히 해야 하는 일이거나 칭찬받을 만한 일이다. 그런데 허클베리 핀은 배에 탄 사람이 백인인 아버지라고 거짓말을 하고, 천연두 환자라고 짐작하게 연기를 해 위기를 넘긴다. 갈등 상황에서 짐을 살리기로 마음먹은 것이다.

개인의 양심에 따라 선택하고 행동한다는 것은 말은 쉽지만 어릴 때부터 배운 도덕이나 사회 규칙의 허들이 존재하기 때문에 좀처럼 쉽지 않다. 특히 어린아이라면 그러한 독립적 선택을 하기가 더 어렵다. 그럼에도 불구하고 지금껏 자기와 같이 생활한 짐을 선택한 것은, 정해진 규칙보다 인간에 대한 따뜻한 마음이 먼저라는 이야기가 된다. 허클베리 핀의 변화를 보여주는 가장 멋진 장면이라고 할 만하다.

"얘기하는 거 다 들었어. 그래서 강에 들어가 있다가 그 사람들이 뗏목 위로 올라오면 강둑으로 헤엄쳐 도망가려고 마음먹었지. 그런데 헉, 정말 멋지게 그 사람들을 속여버렸네. 그렇게 근사하게 속이는 솜씨는 태어나서 처음 봐! 덕분에 이 늙은 몸이 살았어. 헉, 나는 죽어도 이 은혜를 잊지 않을 거야."

짐의 감사를 받은 허클베리 핀은 이후에도 그를 챙기려 노력하는 모습을 보인다. 그렇게 함께 여러 위기를 함께 넘겼지만 결국 왕의 밀고로 짐이 사람들에게 잡혀가고, 짐을 구하기 위해 왔슨 부인에게 편지를 쓰려던 허클베리 핀은 편지를 찢고 만다.

> 강을 따라 내려오던 우리의 여행에 생각이 미치자 짐의 모습을 바로 눈앞에 보는 것 같았다. (중략) 짐은 늘 나를 매우 친절하게 대해주었다. 맨 마지막으로 내가 뗏목에 천연두 환자가 타고 있다고 하여 짐을 구해냈을 때 짐이 아주 고마워하며 나에게 '이 세상에서 가진 가장 좋은 친구이자 하나밖에 없는 친구'라고 했던 일이 떠올랐다. 바로 그때 우연히 주위를 둘러보다가 방금 써놓은 그 편지가 눈에 들어왔다. (중략)
> "좋아, 난 지옥으로 가겠어."
> 그러고는 편지를 북북 찢어버렸다.

노예를 숨겨주었다는 이유로 지옥에 가야 한다면 가겠다는 허클베리 핀의 모습에서 결연한 의지가 엿보인다. 이제 둘은 서로를 걱정하고 위해주면서 모험의 마지막까지 등을 맡길 수 있는 진정한 동료가 된 것이다. 누구에게도 도움을 요청하지 않고 자기 손으로 직접 짐을 구출하기 위해 농장을 찾아가는 허클베리 핀의 모습은 당당하고 어른스럽다.

비록 톰의 장난으로 짐을 구하는 데 시간이 걸리기는 했지만, 짐이 잡혀간 곳이 샐리 이모의 집이었던 것을 감안하면 톰을 원망하기는 어렵다. 짐은 왓슨 부인의 유언으로 이미 노예가 아닌 상황이었고, 톰을 지극히 간호하여 마을 사람들의 인심까지 얻었으니 전화위복이라고 표현하는 것이 맞을 듯하다.

짐은 결국 자유의 신분을 얻고 톰에게 돈까지 받아 부자가 되었다. 그리고 허클베리 핀은 새로운 모험을 떠나는 행복한 결말로 이야기가 끝이 난다. 이 작품에서 펼쳐진 여러 모험 이야기 중에서도, 가장 중요한 사건은 이 허클베리 핀과 짐의 이야기일 것이다. 둘의 이야기를 따라가다 보면 어느새 백인과 흑인이라는 인종의 문제는 중요하지 않게 된다. 어린아이지만 영특하고 모험심이 넘치는 허클베리 핀과 자신의 역할을 다하며 친절하고 어른스러운 짐이 있을 뿐이다.

왕자와 거지

The Prince and the Pauper, 1881

작품의 줄거리

16세기 중엽 어느 가을날. 영국 런던에서 두 소년이 태어난다. 한 소년은 런던 빈민가에서 태어난 톰 캔티이고, 다른 소년은 영국 왕 헨리 8세의 아들로 태어난 에드워드 튜터이다. 극명한 신분 차이를 가지고 있지만, 같은 날 태어났고 쌍둥이처럼 닮은 둘의 만남으로 그들의 삶은 송두리째 바뀌게 된다.

  톰은 아버지 존 캔티와 할머니의 강요로 어린 시절부터 동냥을 하고 가정폭력에 시달리지만, 같은 빈민가에 사는 앤드루 신부에게 라틴어를 배우고 함께 책을 읽으며 다른 빈민가 아이들과는 조금 다르게 성장한다. 늘 상상 속에서 왕자를 동경하던 톰은 어느 날 직접 왕자를 보러 궁전에 가게 되고, 왕자에게 가까이 다가가다 경비병에게 내동댕이쳐진다. 이를 본 에드워드 왕자는 병사를 혼낸 뒤 톰을 데리고 궁전 안으로 가 좋은 음식을 대접한다. 빈민가에서 생활하는 톰의 이야기에 흥미를 느낀 에드워드 왕자는 톰에게 옷을 바꿔 입자고 제안하고, 둘은 비슷하게 생긴 서로의 모습에 신기해한다.

옷을 바꿔입은 에드워드 왕자는 다시 경비병을 혼내기 위해 성문으로 나갔다가 거지라고 착각한 경비병에게 두들겨 맞고 밖으로 쫓겨난다. 게다가 주변 사람들 누구도 자기가 왕자라는 사실을 믿어주지 않았고, 밤이 되도록 거리를 헤매다가 결국 톰의 아버지인 존 캔티를 만나 집으로 끌려간다. 그는 존 캔티에게 자기가 왕자라는 사실을 밝혔지만, 사실을 알 리 없는 존 캔티는 화가 나 에드워드 왕자를 마구 폭행한다. 그리고 이를 말리려던 앤드루 신부를 몽둥이로 때려 죽게 만들고는 겁이 나 가족을 데리고 도망친다.

궁전에 남아 있던 톰은 왕자가 오지 않자 당황한다. 톰은 자신이 왕자가 아니라 거지라는 사실을 밝히지만, 사람들은 왕자가 미쳤다고 생각한다. 병상에 누워 있던 헨리 8세는 왕자가 장난을 친다고 생각해 불러 확인하지만, 톰은 어머니와 누이가 기다리는 빈민굴로 돌아가겠다고 이야기한다. 헨리 8세는 왕자가 공부를 너무 많이 해 정신이 이상해졌을 뿐이며, 시간이 지나면 문제가 해결될 것이라 말하고는 톰을 왕세자로 선포하는 의식을 진행한다.

에드워드 왕자는 존 캔티의 가족과 도망치면서도 자신이 왕자라는 사실을 계속 이야기한다. 톰의 어머니는 잠자는 습관이 평소와 달라진 것을 보고 에드워드 왕자가 자기 아들이 아니라는 것을 짐작하지만, 쉽게 말을 꺼내지 못한다. 에드워드 왕자는 결국 존 캔티가 사람들에게 끌려가 술을 먹는 사이 도망치고, 축제에 참여한 사람들에게 자신이 왕자라는 사실을 밝히지만 놀림을 받는다. 화난 군중에게 폭행을 당할 위기 속에서 에드워드 왕자는 갑자기 등장한 마일스 헨든의 도움으로 탈출에 성공하고, 그의 여관방에서 신세를 지게 된다.

다음 날 마일스 헨든은 밖에 나가 가게에서 에드워드 왕자가 입을 옷을 사 방으로 돌아왔지만, 왕자는 존 캔티가 보낸 불량배에게 속아 거지 소굴로 끌려간 뒤였다. 거지 소굴 두목의 명령으로 심부름을 나온 에드워드 왕자는 자기를 괴롭히던 휴고를 따돌리고 도망치는 데 성공한다. 길을 찾아 숲속 불빛을 향해 걸어간 에드워드 왕자는 조그만 오두막에 살고 있는 한 노인을 만난다.

노인은 자신을 왕자라고 소개하는 에드워드에게 자기는 대천사라며 장난스럽게 되받아쳤지만, 곧 에드워드가 자신의 수도원을 파괴하고 교황이 되지 못하게 막은 헨리 8세의 진짜 아들이라는 사실을 깨닫고 그가 잠든 뒤 결박하여 살해하려고 한다. 그때 다행히 마일스 헨든이 나타나 노인은 그를 따돌리려 밖으로 나가고, 그 사이 존 캔티와 휴고가 오두막에 찾아와 에드워드 왕자를 다시 자기들의 소굴로 데리고 간다.

에드워드 왕자는 휴고가 꾸민 계략에 빠져 도둑으로 몰려 감옥에 갇히게 되는데, 또 다시 때맞춰 나타난 마일스 헨든의 도움으로 그곳에서 몰래 탈출한다. 둘은 그동안 있었던 이야기를 나누고 마일스 헨든의 고향 마을로 같이 가기로 한다. 그런데 도착해 보니 마일스 헨든의 아버지는 이미 죽어버렸고, 동생 휴는 형이 사랑했던 이디스를 아내로 맞아 살고 있었다. 휴는 형은 이미 죽었다고 거짓말하며 마일스 헨든을 냉대했다. 게다가 둘을 사기꾼으로 몰아 감옥에 갇히게 했다. 그곳에서 마일스 헨든은 왕자의 몫까지 채찍형을 받고, 자신을 위해 희생하는 마일스 헨든의 모습에 에드워드 왕자는 감동한다. 마을에서 쫓겨난 둘은 톰이 왕이 되는 대관식이 열린다는 소식을 듣고 런던으로 다시 돌아가기로 한다.

톰은 그동안 왕실 생활에 적응해 가면서 왕으로서 해야 하는 일을 잘 수행하고 있었다. 자기가 왕이 아니라는 사실에 양심의 가책을 느끼던 시절도 있었지만, 어느새 그 자리에 익숙해져 버린 것이다. 그러나 대관식을 위해 런던 시내를 행진하던 톰은 자신에게 달려오는 어머니를 모른 척한 뒤 양심의 가책을 느낀다.

행사가 진행되고 톰의 머리에 왕관이 씌워지기 직전, 에드워드 왕자가 행사장에 나타나 자신이 왕자라는 사실을 밝힌다. 톰 역시 거지꼴인 에드워드 왕자가 진짜 왕이고 자신은 거지라는 사실을 밝히지만, 사람들은 쉽게 믿지 못한다. 그때 에드워드 왕자가 행방이 묘연했던 옥새의 위치를 밝혀내고, 결국 에드워드 왕자는 원래 자신의 자리였던 왕의 자리에 오르게 된다.

왕이 된 에드워드 왕자는 자신을 위해 희생을 아끼지 않은 마일스 헨든을 켄트 백작에 봉하고 그의 후손들에게도 특권을 준다. 그리고 왕의 자리를 내려놓을 용기를 낸 톰에게 왕의 피후견인이라는 명예로운 이름을 부여하고 그리스도 자선 학교의 관리위원장 자리를 내린다. 에드워드 왕은 거지 생활을 했던 경험을 바탕으로 가혹한 법률들을 폐지하고 자비로운 지도자가 된다.

영국 왕실을 풍자하다

마크 트웨인의 소설 《왕자와 거지》는 16세기 영국 사회를 배경으로 하고 있다. 그의 다른 작품 《아서 왕국의 코네티컷 양키》 역시 19세기의 미국인이 중세 영국의 아서왕 시대로 시간 여행을 하는 이야기를 다루고 있다. 꼭 영국이 아니더라도 구시대 유럽을 배경으로 한 작품을 많이 창작한 걸 보면, 유럽 무대를 배경으로 마크 트웨인이 하고 싶었던 이야기가 있었다는 것을 짐작할 수 있다.

　마크 트웨인의 작품에 등장하는 영국 사회의 모습은 온갖 부조리로 가득하다. 신분제에 의한 계급 차별, 왕과 귀족계급에 의해 나타나는 봉건적 권위, 사회 시스템의 미비로 인한 부조리한 일상 등 현대인의 관점에서 보면 의문스럽거나 기이한 일들이 눈앞에서 펼쳐진다. 그런데 소설 속 이야기일 뿐이고 수백 년 전의 다른 대륙 이야기인데도 왠지 독자들의 마음을 불편하게 만드는 무언가가 있다. 바로 '과연 미국은 당시 유럽보다 나은 모습이었을까?'라는 물음이 독자들에게 던져지는 것이다.

당시 미국은 '도금 시대'라고 부를 정도로 자본과 산업이 급격하게 발달하며 부가 증대하는 시기였다. 도시는 커지고 더 많은 금광을 발견하기 위해 서부로 영토를 넓혀가던 황금의 시대였다. 문제는 이러한 발전의 이면에 놓인 시민들의 모습은 전혀 달랐다는 점이다. 충분한 자본을 가지고 있는 기업가나 사업가들은 부를 급속도로 늘릴 수 있었지만, 노동자들 대다수는 농업에 종사하던 시절보다 더 가난해졌다.

노동자들은 인격체라기보다는 언제든 대체 가능한 기계 부속품처럼 여겨졌고, 노약자와 어린아이를 가리지 않고 살인적인 노동 시간에 시달렸다. 영화 〈모던 타임즈〉에서 찰리 채플린이 마치 기계처럼 나사를 반복해서 조이는 모습처럼 말이다. 당시 미국 인구가 7600만 명 정도였는데 극빈자가 1000만 명에 달했다고 하니, 황금기라는 표현은 사실 허락받은 극소수에게만 해당하는 것이었다.

마크 트웨인은 그런 미국 사회를 직접적으로 비판하기보다 우회적으로 풍자했다. 그의 작품을 통해 과거 영국 사회의 이야기를 당시 미국 사회와 비교해 보면서, 사람들은 사회적 정의의 역할과 보편적인 인간성에 대해 고민할 수 있었을 것이다. 갈등을 만들어 내는 것보다는 함께 문제를 해결할 수 있는 방향을 모색하는 측면이 더 중요하니 말이다. 이제 이 작품이 우리에게 던지는 메시지도 분명해진다. 과거 영국 사회의 모습을 현대 한국 사회와 비교하면 어떨까? 우리는 과연 지난 수백 년의 시간이 무색하지 않을 만큼 많은 것을 변화시켰다고 이야기할 수 있을까? 작품의 내용을 구체적으로 살펴보면서 함께 고민해 보자.

거지였던 톰에게 왕실의 생활은 낯설고 불필요한 일들로 가득하다.

> 톰은 방에 들어서면서 물컵 쪽으로 손을 뻗었다. 그러자 비단과 벨벳으로 된 옷을 걸친 시종이 어느새 물컵을 집었다. 그러고는 한쪽 무릎을 꿇고서는 금쟁반에 담아 건넸다. 포로 신세나 마찬가지여서 피곤했던 톰은 털썩 주저앉으며, 혼자 할 수 있으니 좀 내버려두라는 눈짓을 하면서 반장화를 벗으려고 했다. 그러나 그 하인과 같은 옷을 입은 또 다른 시종이 나타나 무릎을 꿇고 그 일을 가로채 버렸다.

스스로 할 수 있는 일도 일일이 시종들 도움을 받아서 해야 하는 상황은 불편하고 귀찮다. 필요에 따라 선택할 수 있는 것이 아니라 조건 없이 항상 제공되는 도움은 도움이라기보다 강압에 가까울 수도 있다. 톰이 "나 대신 숨까지 쉬어주겠다고 나서지 않는 게 이상하군!"이라고 말하는 것처럼, 시종들의 도움은 왕실 사람들을 수동적이고 소극적인 존재로 만든다. 궁전의 식사 시간 풍경은 한층 더 심하다.

그 순간 버클리 백작이 톰을 말리며 목에다 냅킨을 둘러주었다. 그들은 대대로 왕자들의 기저귀를 갈아주는 막중한 임무를 맡고 있었다. 술 따르는 귀족은 톰이 혼자서 포도주를 따라 마시려고 할 때 기를 쓰고 막았다. 또 왕자가 먹을 음식을 먼저 맛보는 귀족도 있었는데, 일단 명령만 하면 의심되는 요리를 언제든 먹을 준비가 되어 있었다.

많은 시종을 거느리는 것이 부와 권위의 상징일 수도 있겠지만, 이렇게 지나치게 세분화된 역할은 비효율적이고 불편한 상황을 만들 뿐이다. 규칙이 복잡해지고 갖추어야 할 예의가 많아질수록 원래의 목적인 식사보다는 이것저것 챙겨야 할 일이 더 많아지는 모순적인 상황이 발생하는 것이다. 또 과한 시중은 당장 해결해야 하거나 예측 불가능한 상황에 대한 대처를 어렵게 만든다. 식사가 한참 진행되던 중 톰은 코가 갑자기 간지러워졌고, 눈가에 눈물이 고인 채로 이런 때는 어떻게 해야 예의와 법도에 어긋나지 않는 거냐고 시종들에게 묻지만, 아무도 이를 해결해 주지 못한다.

심각한 표정으로 모두들 어찌할 바를 모르고 있었다. 좋은 방법을 생각해 내려고 애쓰면서 서로의 얼굴만 쳐다볼 뿐이었다. (중략) 아, 안타깝게도 이 일을 맡은 스크래처 경이 이 자리에 없었던 것이다. 그러는 사이에 눈물이 넘쳐 톰의 두 뺨을 타고 주르르 흘러내리기 시작했다.

간지러운 코를 긁는 것조차 예의와 법도에 따라 절차에 맞게 진행하려고 노력하는 모습은 우스꽝스럽기까지 하다. 결국 톰이 직접 코를 긁는 것으로 문제는 쉽게 해결되고, 이를 바라보는 시종들은 마음의 부담을 덜게 된다. 이는 당시 왕실의 불필요한 법도와 경직된 분위기를 단적으로 보여주는 장면이다.

물론 마크 트웨인이 풍자하는 왕실의 이런 모습이 다소 과장된 건 사실이다. 또 예의나 법도들은 그냥 생겨난 것이 아니고, 역사적으로나 문화적으로 나름의 필요와 이유를 가지고 있는 경우가 많다. 다만 여기서는 풍자의 목적으로 과장됐음을 이해하고, 이를 바탕으로 오늘날의 우리에게 적용되는 규칙과 법도에 대해서도 한 번쯤 돌이켜 생각해 볼 기회를 갖는 것이 마크 트웨인이 의도한 바일 것이다.

지금 책을 읽고 있는 독자가 학생이라면 학교에서 지켜야 할 규칙을, 사회인이라면 직장에서 지켜야 할 규칙을 떠올려보자. 합리적이라고 생각하는 규칙도 있겠지만, '왜 이런 규칙까지 만들어서 지켜야 하나?'라는 생각이 드는 것도 있을 것이다. 이미 만들어진 규칙이니 무조건 지켜야 한다는 생각은 구성원들의 소통을 단절한다. 시대가 변하고 구성원이 달라지면 규칙도 그것에 맞게 변화해야 한다. 그 과정에서 여러 사람의 의견을 듣고 소수의 피해자가 발생하지 않게 섬세한 조율의 과정을 거친다면 더 좋을 것이다. 물이 고이면, 결국 썩기 마련이다.

에드워드 왕자의 성장

이 작품에서 주인공을 딱 한 명만 꼽자면 에드워드 왕자가 아닐까 싶다.

서로 역할을 바꾸는 이야기이니 거지 소년인 톰 역시 중요한 인물이지만, 작품에서 가장 중심이 되는 이야기는 왕자가 거지 신세가 되었다가 다시 제자리를 찾아 왕이 된다는 것이다. 어린 왕세자로서 궁 안에서만 머무르는 바람에 시야가 좁았던 주인공이 여러 고난을 겪으며 성장한 뒤 훌륭한 왕이 되는 이야기라는 점에서 성장소설이나 영웅소설의 서사 구조를 갖추고 있다.

귀한 신분으로 태어난 에드워드 왕자는 궁 안에서 보호를 받는 어린아이이고, 가정교사와 함께 많은 공부를 하지만 그것은 현실과 다소 동떨어진 내용이다. 그러다가 만난 거지 소년 톰이 들려주는 런던 사람들의 삶 이야기는 신비롭고 새롭게 다가온다.

"저희는 치프사이드*에 있는 오월제** 기둥 주위에서 춤도 추고 노래도 불러요. 또 모래밭에서 친구의 몸을 모래로 덮으면서 놀기도 해요. 또 진흙으로 반죽을 만들 때도 있어요. 진흙은 너무 좋아요. 세상에서

- **치프사이드(Cheapside)** 런던의 시티(the City)를 동서로 가로지르는 큰 거리. 중세에는 유명한 시장이었다.
- **오월제** 메이데이(May Day). 예로부터 서양에서 5월 1일에 베풀어 오는 봄맞이 축제.

진흙만큼 재미있는 것도 없을 거예요."
"아, 이제 그만 좀 해라. 너무 멋지구나! 단 한 번만이라도 너 같은 옷을 입고, 내 신발을 훌훌 벗어 던지고, 잔소리하는 사람이나 말리는 사람이 없는 곳에 가서 마음껏 진흙탕을 뒹굴 수 있으면 좋겠구나. 그러면 이 왕관쯤은 포기할 수도 있을 텐데!"

어린 왕자에게 톰이 들려주는 바깥세상의 이야기는 너무나 달콤하다. 아직 판단력이 미숙한 나이라 바깥세상이 얼마나 위험하고 불편한지 알 수 없으니, 들을수록 경험해 보지 못한 세상에 대한 선망만이 가득 차오른다. 다만 톰이 왕자를 속이려는 의도로 바깥세상을 이렇게 묘사한 것은 아니니, 세상 물정 모르는 왕자를 현혹했다고 비난할 수는 없다. 왕자는 결국 톰에게 옷을 바꿔 입자고 제안하고, 이 선택은 둘의 삶을 송두리째 변화시키는 계기가 된다. 왕자는 거지로, 거지는 왕자로 바뀌는 일이 벌어진 것이다.

"나는 왕세자이고 내 몸은 신성하다. 그런데 감히 내 몸에 손을 대? 너를 교수형에 처하겠다!"
병사는 미늘창을 들고 '받들어 창' 자세를 취하며 조롱하듯 말했다.
"왕자님께 경의를 표합니다."
그러고는 다시 화를 내며 호통을 쳤다.
"썩 꺼져버려, 이 쓰레기 같은 미친놈아!"

그러자 조롱하던 사람들이 불쌍한 어린 왕자 주변으로 몰려들어 야유하고 고함을 지르며 길 아래쪽으로 멀리 내쫓아 버렸다.

거지 옷을 입고 밖으로 나온 왕자는 자신을 대하는 병사와 시민들의 태도에 놀란다. 그동안 왕자여서 받았던 대우들이 겨우 옷 하나 바꿔 입은 것만으로 다 사라져버린 것이다. 아무리 자기가 왕자라고 주장해도 그의 남루한 옷차림 때문에 사람들은 그의 말을 믿지 않는다. 왕자는 신분이나 권위라는 것이 얼마나 부질없는지 이렇게 체험하게 된다. 이어 난폭한 아이들에게 망신당하고, 자신을 아들이라고 착각한 존 캔티에게 폭행당하며 왕자는 왕실에서 떠난 자신의 선택을 후회한다.

이후 에드워드 왕자는 거지 왕초 패거리에게 붙잡혀 그들과 함께 다니며 런던 사회의 밑바닥 생활을 경험한다. 물론 처음에는 자신이 왕자라고 밝히고 궁궐로 돌아가 거지들의 문제를 모두 해결해 주겠다 했지만, 역시 아무도 믿어주지 않았고 미친 아이 취급만 당했다. 왕자는 휴고의 꾀에 속아 사람들과 다투다가 머리를 써 부랑자 패거리에서 도망치기도 하고, 자신에게 따뜻하게 대해주는 농가 사람들과 생활하기도 한다. 그러면서 에드워드 왕자는 세상을 조금씩 새롭게 바라보게 된다.

판사는 판결문을 좀 더 작성하고는 왕자에게 훈계하는 말을 길게 늘어놓았다. 그러고는 잡범들을 잡아 가두는 감옥에 잠시 가두었다가 사람들 앞에서 매를 맞게 하라고 판결했다. 왕자는 기가 막혀 입이 다물어지지 않았다. 그래서 그 자리에서 판사의 목을 베어버리라는 명령을 내리려 했다. 이때 왕자는 헨든의 경고 신호를 보았고, 하마터면 저지를 뻔한 실수를 깨닫고는 다시 입을 다물었다.

에드워드 왕자는 점점 자신의 신분을 쉽게 입 밖으로 꺼내지 않게 된다. 자신이 왕자라는 것을 증명할 방법도 없을뿐더러, 왕자라고 밝힐 때마다 자신과 마일스 헨든이 온갖 고난에 처한다는 사실을 그동안의 경험을 통해 알았기 때문이다. 여기서 대단한 점은 에드워드 왕자가 폭력과 고난의 상황 속에서도 왕자로서의 책임감과 자존심을 지키려고 노력한다는 것이다. 그러면서 조금씩 성장해가는 에드워드 왕자의 눈에 점점 영국 백성들이 당하는 불합리한 상황들이 들어오기 시작한다.

두 여자가 안마당 한가운데에, 기둥에 묶인 채 서 있었다. 왕자는 보자마자 자기를 친구처럼 대해준 여자들이라는 것을 알아챘다. 그러고는 몸서리치며 이렇게 중얼거렸다.
"맙소사! 저들이 풀려났다고 생각했는데, 착각이었어. 왜 저들이 매를 맞아야 하지? 그것도 영국에서 말이야! 아, 너무 부끄럽구나. 이교도 땅도 아니고 그리스도의 땅인 영국에서 어찌 이런 일이……."

에드워드 왕자는 자신에게 친절하게 대해주던 두 여인이 침례교를 믿었다는 이유로 감옥에 갇혔다는 사실을 믿지 못한다. 다음 날 감옥에서 그녀들이 사라지자 다시 자유를 찾았다고 생각했지만, 곧 왕자의 눈앞에 두 여인이 화형당하는 장면이 펼쳐진다. 종교가 다르다는 이유로 사람을 불에 태워 죽이는 장면은 에드워드 왕자에게 큰 충격을 주었고, 왕자는 자신이 왕좌에 올라 이런 비인간적인 일들을 없애리라 다짐한다. 왕궁에서의 삶과 다른 바깥세상에서의 경험이 그에게 왕이 되어야만 하는 분명한 목적을 만들어준 것이다.

톰의 대관식 날에 다시 자신의 위치로 돌아온 에드워드 왕자는 실제로 자비로운 왕의 모습을 보여준다. 소설이기에 가능한 일이겠지만, 거지의 삶을 체험하지 못하고 왕위에 올랐다면 이런 모습을 보일 수 있었을까? 훌륭한 왕이란 태어나는 것이 아니라 경험과 배움을 통해 만들어지는 것이다. 작품의 마지막 부분에서 이러한 마크 트웨인의 생각을 엿볼 수 있다.

안타깝게도 에드워드 6세는 몇 년밖에 더 살지 못했지만, 그 짧은 삶을 값지게 보냈다. 부유한 신하인 어떤 고위 관리가 왕의 관대한 정책에 여러 번 반대하며, "지금 왕께서 애써 고치려는 법들은 너무 물러서 고통과 고난이 필요한 사람들을 죄주지 못합니다."라고 했다. 이에 왕은 그 신하를 동정 어린 눈길로 바라보며 이렇게 말했다.

"고통받고 고난을 당하는 게 어떤 건지 아시오? 나도 백성들도 잘 알고 있지만, 경은 잘 모를 것 같소."

거지 소년 톰의 용기

에드워드 왕자가 출생 운이 좋았다면, 톰 캔티의 출생 운은 최악이다. 런던 빈민가에서 태어난 톰의 삶은 가난으로 시작해서 가난으로 끝날 수밖에 없다. 아버지는 도둑이고 어머니는 거지이며, 톰과 누나들 역시 동냥으로 삶을 연명한다. 불행 중 다행으로 마음씨 착한 앤드루 신부를 만나 라틴어를 배워 글을 읽고 쓸 수 있게 되지만, 그것도 현실의 삶에는 큰 도움이 되지 않는다.

> 왕궁에서 애지중지 대접받으며 사는 왕자의 멋진 삶을 그리며 달콤한 상상에 빠져들다 보면 어느덧 아픔과 고통도 잊었다. 그런데 밤이고 낮이고 불쑥불쑥 한 가지 소망이 고개를 쳐들었다. 그것은 바로 자신의 두 눈으로 진짜 왕자의 모습을 보는 것이었다.

다만 톰이 빈민가의 또래 아이들과 다른 점은 꿈을 포기하지 않았다는 것이다. 톰은 왕자 이야기를 듣고 나서 왕자를 보고 싶다는 소망을 품게 된다. 그래서 왕자처럼 행동하려 노력하는데, 주변 아이들은 그런 톰을 대단하다는 듯 바라본다. 어른들 역시 톰을 재주 많고 특별한 녀석이라고 생각할 정도니, 톰의 소망은 현실에까지 영향을 미칠 정도로 힘을 발휘한 것이다. 그런 마음이 결국 톰의 발길을 왕이 사는 궁전으로 향하게 하고, 그곳에서 왕자를 만나 운명이 바뀌는 기막힌 사건을 경험하게 된다.

왕자가 자기 옷을 입고 나간 뒤 돌아오지 않자 톰은 어쩔 줄 모르고 당황해한다. 거지인 자신이 왕자의 옷을 입고 있는 모습을 들키면 목숨을 잃을 수도 있기 때문이다. 톰은 에드워드 왕자를 찾아온 제인 그레이 공주에게 자신이 거지라는 사실을 밝히고 무릎을 꿇지만, 공주는 그 말을 듣고 너무 놀라 달아나고 만다. 톰은 이후에도 몇 번이나 자신이 거지라는 사실을 밝히지만, 사람들은 왕자가 미쳤다고 생각할 뿐이다.

"왕자님이다. 저기 봐, 왕자님이 오신다."
불쌍한 톰은 허리를 깊이 숙인 사람들을 지나칠 때마다 자기도 허리를 숙이려고 애쓰면서 느릿느릿 걸어갔다. 그러면서 얼떨떨하고 애처로운 눈길로 그의 앞에 펼쳐지는 낯선 장면들을 힘없이 바라보았다.

하루아침에 왕자가 아무것도 모르는 바보가 된 듯 행동하니, 왕자가 미쳤다고 생각하는 사람들도 이해가 된다. 그 덕에 정체를 들키지 않았으니, 다행이라고 여겨야 할까. 어떻든 사람들은 톰이 실수를 해도 의심하지 않았고, 그러면서 톰은 조금씩 왕자로서의 삶을 배워간다.

시간이 흘러 병석에 누워 있던 헨리 8세가 사망하자 톰은 왕위에 올라야 하는 상황에 처한다. 주변의 모든 사람이 약속이나 한 듯 한꺼번에 무릎을 꿇고 톰을 향해 "폐하!"라고 외치니, 톰은 어쩔 수 없이 이 상황을 받아들일 수밖에 없었을 것이다. 톰은 옆에 있던 하트퍼드 백작에게 '왕이 내리는 명령은 모두 따라야 하는 것이냐'고 묻고는 사람들에게 당당하게 외친다.

"그렇다면 오늘부터 이 나라의 법은 자비로운 법으로 바뀔 것이오. 지금부터 무자비한 피의 법은 사라질 것이오. 그대는 당장 일어나 런던탑으로 달려가 노퍽 공작을 사형하지 않는다는 왕명을 전하시오."

왕위를 얻기 위해 목숨을 걸고 전쟁을 치르고, 승자가 패자를 잔인하게 죽이는 시대에, 남을 용서한다는 건 상상할 수 없는 일이다. 상대를 용서하고 풀어준다면 다시 세력을 키워 언제든 다시 덤벼들 수 있으니까 말이다. 결국 피는 피로써 갚을 수밖에 없는 것이 당시 귀족들에게는 당연한 일이었다. 하지만 톰은 달랐다. 죄 없는 사람을 죽이지 않고 자비를 베푸는 톰의 모습에 왕실의 모든 사람은 감동한다. 거지 소년이 왕 노릇을 더 잘하는 아이러니한 상황이 발생한 것이다.

"당장 그 법을 뜯어고치라고 하세요. 불쌍한 사람들에게 더 이상 그런 잔인한 고문을 해서는 안 됩니다." (중략)
"폐하의 명령으로 이제 그런 형벌은 사라졌습니다. 이 일은 왕실의 명예로운 역사로 길이 기억될 것입니다."

이후에도 톰은 과한 고문을 없애고 죄에 대한 처벌을 완화하는 등 자비로운 왕의 역할을 잘 수행한다. 특히 악마로 오해받는 여인에게 죄가 없음을 지혜롭게 밝혀내는 부분에서는 미신에 사로잡힌 사람들을 부끄럽게 만들기까지 한다.

그러나 문제는 왕으로서의 생활이 길어질수록, 그리고 그 역할에 능숙해질수록 톰의 머릿속에서 자기가 가짜 왕이라는 인식이 점점 희미해진다는 것이다. 시종들이 하나하나 시중을 드는 것에 익숙해지고, 복잡하고 엄숙한 의식을 갖추는 일에도 즐거움을 느낀다. 처음에는 부담스럽기만 했던 식사 자리도, 이제는 식사하기 위해 행차하는 의장병 수를 전보다 두 배로 늘릴 정도로 자신의 역할에 심취한다.

톰은 화려한 옷을 즐겨 입게 되어 더 많은 옷을 주문하게 했다. 왕으로서의 위신을 세우는 데 400명의 시종은 너무 적다며 그 수를 세 배로 늘렸다. 앞에서 굽실거리고 경의를 표하며 알랑거리는 신하들의 아첨 소리가 톰의 귀에는 달콤한 음악처럼 들렸다.

권력에 취한다는 것이 이런 것일까. 톰은 이제 이전 왕의 모습과 크게 다르지 않게 되었다. 물론 따뜻하고 너그러운 성품은 변하지 않아 자비로운 왕으로서의 모습은 유지했지만, 진짜 왕이 되어야 할 에드워드 왕자를 찾으려는 노력은 하지 않은 채 왕 역할에 심취해 버린 것이다.

왕의 즉위식을 행복한 마음으로 기다리는 톰의 모습은 독자들에게 걱정과 두려움을 느끼게 만든다. 이런 톰은 즉위식 날 행진에서 뛰쳐나온 어머니의 모습을 보고 매우 놀란다.

> 그녀는 사람들 틈에서 빠져나와 수비병들을 밀어내고는 톰에게 다가왔다. 그러고는 톰의 다리를 부둥켜안고 다리에 입을 맞추면서 울부짖었다.
> "아이고 내 새끼! 귀여운 내 새끼!" (중략)
> "나는 당신을 몰라요!"

너무 놀란 나머지 어머니를 모른다고 말한 톰은 바로 양심의 가책을 느낀다. 비록 왕 역할을 하고 있지만, 자신이 빈민가의 아들이라는 사실은 변하지 않는 것이다. 그걸 깨달은 순간부터 왕의 자리가 갑자기 부질없이 느껴지면서 톰은 자신의 양심의 소리에 괴로워한다. 지금 당장 어머니에게 돌아갈 수 없는 자신의 현실이 비참하게 느껴진 톰은 이제 그만 왕의 허울을 벗어던지고 싶어 한다.

그런 톰에게 마지막 시험이 찾아온다.

모자도 쓰지 않고 다 떨어진 신발에다 넝마를 걸친 남자아이였다. 그는 꾀죄죄하고 초라한 모습과 어울리지 않는 엄숙한 태도로 한 손을 들면서 이렇게 경고했다.
"왕의 자격이 없는 저자의 머리 위에 영국의 왕관을 얹는 것을 금한다. 왕은 바로 나다!"

에드워드 왕자가 온갖 역경을 뚫고 대관식 날 톰 앞에 나타난 것이다. 하지만 왕이라고 외치는 에드워드 왕자는 거지꼴이고, 톰은 누가 봐도 번듯한 왕의 모습이었다. 에드워드 왕자의 말에 분개한 사람들은 그를 끌어내리려고 다가갔다. 만약 여기서 톰이 모른 척한다면 계속 왕위를 지킬 수도 있을 테지만, 이 순간 톰은 용기를 낸다.

왕 차림의 톰이 재빨리 나서며 낭랑하게 외쳤다.
"그 손을 놓으시오. 그분은 왕이 맞습니다!" (중략)
"폐하, 미천한 제가 가장 먼저 폐하께 충성을 맹세하고 '왕관을 쓰시고 다시 옥좌에 오르십시오.'라고 아뢰게 해주십시오!"

너무나 닮은 두 사람의 모습에 사람들은 혼란에 빠지고, 에드워드 왕자가 옥새의 위치를 기억해 내면서 사람들은 왕자와 거지가 바뀌었다는 말을 믿게 된다. 둘은 자신들이 장난삼아 옷을 바꿔 입었고, 그 이후에 오해가 생긴 부분을 사람들에게 설명한다. 그제야 사람들은 진짜 왕을 향해 만세를 외치고, 둘은 원래 자리로 돌아가게 된다.

에드워드 왕자는 거지꼴인 자신을 진짜 왕이라고 사람들에게 알려준 톰에게 고마움을 느낀다. 그래서 톰을 런던탑에 가두려는 신하들을 설득하여 그리스도 자선 학교의 관리위원장을 맡기고 '왕의 피후견인'이라는 특권을 누리게 한다.

세상을 살면서 유혹을 뿌리치기란 쉽지 않다. 톰은 제대로 된 교육도 받지 못한 어린아이인데, 그런 그가 자신의 권력을 내려놓고 진실을 고백하는 모습은 무척이나 훌륭하고 어른스럽다. 그래서 왕의 옷을 입고도 그 무게를 견딜 수 있었던 게 아닐까.

미스터리한 이방인

The Mysterious Stranger, 1916

작품의 줄거리

이 작품의 배경은 16세기 유럽 오스트리아의 작은 마을 에셀도르프이다. 그곳에 살고 있는 소년 테오도르와 친구 니콜라우스, 세피 앞에 어느 날 기이한 이방인이 나타난다. 이 신비로운 소년은 자신을 사탄이라고 소개하고, 놀란 아이들에게 자신은 사탄 가문에 속해 있을 뿐인 천사이며 죄를 알지 못하는 순수한 존재라고 설명한다. 실제 사탄의 외모는 매우 아름답고 매력적이었으며, 인간이 할 수 없는 초월적인 능력을 가지고 있었다. 아이들은 사탄에게 강하게 끌려 친구 사이가 된다.

 어느 순간 사라지거나 갑작스럽게 나타나곤 하는 사탄은 아이들에게 갖가지 신비한 일들을 겪게 하며 인식을 흔든다. 사탄은 아이들에게 미래를 보여주거나 시공간을 넘나들게 하고, 지구 반대편을 여행하게도 한다. 또 마을 사람들의 운명에 개입해 그들의 인생을 바꿔버리기도 한다. 아이들의 요구에 따라 사소한 것들을 바꾸고, 이로 인해 사람들의 인생이 송두리째 달라지는 모습을 보임으로써 인간의 삶이 얼마나 우연하고 변덕스러운지를 아이들에게 증명하는 것이다.

이런 사탄의 모습에 아이들은 흥미를 느끼는 한편 두려워한다. 여러 번의 만남과 사건이 반복되면서 사탄은 인간 사회의 어리석음, 모순적인 선과 악, 죄 없는 마녀사냥 등을 노골적으로 비난한다. 인간의 군중심리와 문명의 역사를 비판하고, 인간이 말하는 도덕관념이라는 것이 얼마나 위선적인지 이야기하는 사탄의 모습은 허무주의적이며 염세주의적이다.

사탄이 말하는 것처럼 인간의 삶이란 결국 꿈과 허상에 불과한 것일까. 작품의 결말 부분에서 사탄은 테오도르 앞에 오랜만에 나타나 이제 헤어져야 할 때라고 말한다. '존재하는 것은 다만 그대 혼자'라는 사탄의 말처럼 작품은 인간의 존재에 대한 허무적인 결말로 마무리된다.

사탄의 시험에 든 소년, 테오도르

테오도르는 교회 오르간 반주자인 아버지 밑에서 자란 평범하고 호기심 많은 소년이다. 테오도르와 니콜라우스, 세피 삼총사는 마을의 모든 일에 관심이 많고, 신기하고 초월적인 현상에 대해서도 무척 궁금해한다. 어느 날 펠릭스 할아버지가 들려준 유령과 천사 이야기에 흥미가 생긴 그들은 갑자기 낯선 소년이 자신을 천사라 소개하며 다가오는데도 도망가지 않고 관심을 보인다.

> 소년이 우리를 안심시키려고 정성을 다하는 모습이 눈에 들어왔다. 솜씨는 꽤 제법이었다. 이렇게 열정적이고 단순하고 상상하며, 또 매력적으로 이야기하는 사람을 계속 의심하고 두려워하기도 어려운 법이다. 소년은 결국 우리의 마음을 사로잡는 데 성공했다.

순식간에 얼음과 맛있는 과일, 그리고 온갖 디저트들을 만들어 내는 소년에게 세 아이는 푹 빠져버리고 만다. 자신이 천사이며 이름은 사탄이라고 밝히는 소년에게 잠시 두려움을 느끼기도 했지만, 눈앞에 벌어지는 신기한 일들에 곧 정신을 온통 빼앗겨버린다. 심지어 천사를 처음 본 테오도르는 황홀하고 경이로운 감정에 짜릿한 전율까지 느낀다. 세상 누구도 경험해 보지 못한 걸 보고 있다는 사실이 낯설고 기이한 존재에 대한 두려움을 덮은 것이다. 어린아이의 순수함이 잘 드러나는 부분이다.

사탄은 자신의 놀라운 능력을 테오도르와 친구들에게 이것저것 보여주다가, 떠나려는 순간에 마침 주변을 지나가던 돈이 궁한 피터 신부가 우연히 금화를 줍게 만든다. 피터 신부는 갑자기 생긴

큰돈에 어리둥절하지만, 아이들의 설득으로 금화를 가져가 그동안 진 빚들을 모두 갚는다.

피터 신부님은 솔로몬 이삭에게 빚을 갚은 뒤, 나머지 금화는 이자를 부탁하며 맡겼다. 그러자 온 마을이 술렁이기 시작했다. 신부님에게는 기분 좋은 변화도 생겼다. 많은 사람이 신부님의 집에 찾아와 축하해 주었고, 그에게서 등을 돌렸던 옛 친구들도 다시 다정한 모습으로 돌아왔다.

테오도르와 친구들은 돈이 피터 신부의 문제를 순식간에 해결해 주는 모습에 당황스러워한다. 그동안 사람들이 피터 신부에게 취했던 부정적인 태도가 완전히 달라진 것이다. 바뀐 것은 갑자기 생긴 돈뿐인데, 사람들은 자기들에게까지 찾아와 피터 신부의 돈에 대해 캐묻기 시작한다. 그들은 피터 신부를 찾아가 머뭇거리다가 도덕관념의 가치에 관해 물어본다.

"세상에! 가치라고 했니? 이 녀석아, 인간이 짐승과 다를 수 있게, 더 우월하게 만드는 것 중 하나가 바로 도덕관념이란다. 인간과 짐승은 무엇이 다를까? 여러 가지가 있겠지만, 인간은 짐승과 다르게 불멸이라는 유산을 받아 완전히 멸망하지 않을 수 있지. 그걸 가능하게 만들어주는 게 바로 도덕관념이고."

신부님의 설명에 나는 어떻게 대답해야 할지 몰랐다. 우리 셋은 애매한 느낌과 함께 신부님 방을 나섰다.

사탄이 흙으로 작은 인간들을 만들어내 가지고 놀다가 멸망시켜 버리는 모습을 봤던 테오도르와 친구들에게는 피터 신부의 설명이 잘 이해되지 않는다. 불멸은 사탄과 같은 천사만 가능한 게 아닌가. 사탄의 힘으로 돈을 얻고 행복해진 피터 신부가 사탄보다 우월하다고 할 수 있을까. 그때 고민에 빠진 그들 앞에 피터 신부와 사사건건 부딪치던 점성술사가 나타나 그가 길에서 주운 금화가 자신이 잃어버린 것이라고 주장하고, 피터 신부는 결국 감옥에 갇히게 된다. 그리고 피터 신부의 금화에 대해 증언했던 테오도르와 친구들은 마을 사람들의 조롱에 시달린다.

이후 피터 신부의 조카인 마게트와 그의 유모인 우르즐라는 외롭고 가난한 생활을 한다. 이에 테오도르는 다시 나타난 사탄에게 도움을 요청하고, 사탄은 우르즐라에게 매일 아침 돈을 안겨주는 고양이를 선물로 준다. 둘은 이 고양이가 주는 돈으로 생계를 이어 간다. 그걸 본 테오도르는 사탄에게 더욱 매료된다.

그러나 인간의 사고로는 사탄의 의도를 이해할 수 없는 것일까. 사탄의 도움으로 생활에 여유가 생긴 마게트는 하인으로 고트프리트를 고용하는데, 그가 피터 신부의 집에 돈과 귀한 음식이 많다고 이야기하는 바람에 마을 사람들의 의심을 사게 된다. 이 이야기를 들은 아돌프 신부는 비밀리에 조사를 진행하고, 이 모든 게 마녀의 마법으로 일어난 일이라는 결론을 내린다.

그 순진한 숙녀와 어리석은 노파에게 누구도 어떤 충고를 하거나 경고를 해주지 않았다. 우리 셋도 마게트와 우르즐라에게 위험하다고 말해주고 싶었지만, 결정적인 순간에 두려워져 그만두고 말았다. 우리도 결국 곤란한 일이 닥치면 곧바로 몸을 사리는 비겁한 사람이었다. 위험 앞에서 남자다움이나 용기 따위는 사라져버렸다.

마을 사람들은 결국 마게트의 집이 마녀의 마법에 걸렸다고 믿으며 두려워하고 또 비난하기 시작한다. 행복으로 가득 찼던 집이 순식간에 불행해진 것이다. 사탄의 의도를 짐작하기 어려웠던 테오도르는 사탄이 좀 더 조심스럽게 행동해 주길 바라지만, 사탄은 인간들의 이해할 수 없는 행동들에 관해 이야기하며 테오도르를 혼란스럽게 만든다. 그러다 사탄은 테오도르에게 인간의 운명을 바꿔보겠다는 제안을 한다. 친구 니콜라우스와 리사의 미래를 더 나은 방향으로 바꿔주겠다는 것이다. 사탄의 말에 테오도르는 무척 기뻐한다.

"니콜라우스의 수명은 원래 62년이야."
"그 정도면 훌륭한데!" 내가 말했다.

"그리고 리사는 36년으로 정해져 있지. 하지만 내가 이 두 사람의 인생과 수명을 바꿔줄 거야." (중략)

"하지만 변한 결과는 앞으로 열이틀 후에나 알 수 있어. 음, 하나만 말해줄까? 니콜라우스는 물에 빠지는 리사를 구해주려고 해. 수심이 얕아지는 아주 정확한 타이밍에 그곳에 도착해서 쉽게 구해줄 예정이었지. 물론 이건 먼저 예정된 10시 4분에 도착했을 때 이야기야. 하지만 이제 니콜라우스는 몇 초 늦게 도착하게 될 거야. 그때 리사는 깊은 물 속에서 허우적대고 있을 거고, 니콜라우스는 그녀를 구하려고 있는 힘을 다해보겠지만, 결국 둘 다 물에 빠져 죽을 거야."

친구가 익사한다는 말을 들은 테오도르는 사탄에게 둘을 살려달라 사정하지만, 사탄은 눈 하나 깜짝하지 않는다. 둘의 미래를 좋은 쪽으로 바꿔준다고 하지 않았느냐 테오도르가 따지자, 사탄은 이렇게 대답한다.

"만약에 니콜라우스가 리사를 살리게 되면, 니콜라우스는 물에 쫄딱 젖어 아주 심한 감기에 걸릴 거야. 그리고 그 여파로 성홍열에 시달리게 돼. 아주 끔찍하고도 기막힌 병이지. 그 뒤로 46년 동안 나무토막처럼 굳어서 병상에만 누워 있게 될 거야. 들리지도, 말하지도, 보이지도 않지. 그 꼴이 된 니콜라우스는 하루 종일 죽음이라는 축복이 내리기만을 기도할 거야. 어때, 이쪽이 나은 것 같아?"

믿기 어려운 사탄의 말에 테오도르는 니콜라우스를 집 밖으로 내보내지 않으려 노력하지만, 운명은 잔인하게 사탄의 말 그대로 흘러간다. 니콜라우스는 결국 리사를 구하려다가 함께 익사하고, 테오도르는 아무리 몸부림을 쳐도 인간의 운명을 바꿀 수 없다는 사실에 놀라 사탄에게 도움을 요청한다. 하지만 주변 사람들의 운명을 바꾸면 바꿀수록 다른 마을 사람들의 미래가 좋지 않은 방향으로 변하고, 결국 테오도르는 운명의 한계에 좌절하고 만다.

그 뒤로도 사탄은 마치 테오도르를 교육하듯이 인간의 폭력의 역사를 환상으로 보여주거나, 문명의 발전이 결국 아무것도 이루지 못한다는 잔인한 사실을 알려준다. 테오도르는 사탄의 생각에 반박하고 싶어 하지만, 사탄은 그런 테오도르에게 또 다른 시험을 던진다. 사악한 기교를 부려 환자를 치료한다는 이유로 마을 사람들에게 마녀사냥을 당하고 있는 여인을 테오도르의 눈앞에 나타나게 한 것이다.

> 여인은 결국 지쳐 쓰러졌고, 사람들에게 붙잡히고 말았다. 사람들은 그녀를 큰 나무로 끌고 가서는, 나무둥치에 밧줄을 묶어 올가미를 만들었다. 그러는 동안 사람들에게 잡힌 그 여인은 눈물을 쏟으며 살려달라고 빌고 또 빌었다. 어린 딸은 그런 어미를 지켜보면서 울고 있었다. 하지만 두려운 나머지 한마디도 건네지 못했다. 사람들은 여인을 나무에 매달았다. 나는 마음속으로 죄책감을 느꼈지만, 그 여인에게

돌을 던지지 않을 수 없었다. 그곳에 있는 모두가 여인에게 돌을 던지며 힐끗힐끗 옆 사람을 감시했기 때문이다. 만약 내가 돌을 던지지 않았다면, 사람들은 곧 나에게 시선을 돌려 비난을 퍼부을 게 분명했다.

비겁한 자신의 모습에 어쩔 줄 모르는 테오도르와 달리, 사탄은 그곳에 있는 모든 사람을 비웃으며 조롱한다. 실제로는 돌을 던질 마음도 없는 사람들이 다른 이들의 비난이 두려워 억지로 돌을 던지는 꼴이 우습다는 것이다. 그 자리에 테오도르와 같은 사람이 한둘이 아니었다는 소리다. 자기의 감정이나 신념도 모두 억누른 채, 올바르지도 않은 소수를 따라 휩쓸려가는 게 바로 인간이라는 말에 테오도르는 더욱 부끄러워진다.

이렇게 고통스러운 선택의 순간들을 통해 사탄은 테오도르에게 무엇을 전하려 했던 것일까. 1년간 꾸준히 테오도르를 찾아오던 사탄은 조금씩 발길이 뜸해졌고, 오랜 시간이 지난 후에야 다시 찾아와 마지막 작별 인사를 한다. 그런데 사탄은 다음 생에서 다시 만날 수 있느냐는 테오도르의 물음에 이상한 대답을 한다.

"다른 생은 없어." (중략)
"인생 자체가 환상일 뿐이야. 그냥 꿈이라고."

사탄의 대답에 테오도르가 충격을 받는 것으로 이 작품은 끝이

난다. 테오도르는 이때 어떤 감정을 느꼈을까. 바꿀 수 없는 자신의 인생에 대한 좌절이었을까, 아니면 사탄이 보여준 어둡고 부정적인 인간의 모습이 꿈이라는 사실을 안 것일까. 그것도 아니면, 실은 이 모든 것이 그저 '나'라는 생각 속에 존재할 뿐이었으며 '나'가 사라짐으로써 모두 소멸한다는 지독한 허무를 깨달아버린 것일까. 테오도르가 말하지 못한 답은 지금 이 작품을 읽은 우리가 고민해야 할 숙제일 것이다. 인간으로서의 존재, 그리고 삶의 이유가 무엇인지에 대해 말이다.

인간을 바라보는 차가운 시선, 사탄

'사탄'이라는 단어는 히브리어로 '적대자'라는 의미를 가지고 있다. 그리스도교에서 말하는 악마를 대표하는 존재이며, 세상의 모든 악이나 악의 근원을 표현하고 싶을 때 인간화하여 사용하는 경우가 많다. 마크 트웨인은 이렇게 보편적인 차원에서도 이견 없이 악한 존재를 의미하는 사탄을 작품의 전면에 내세웠고, 이 때문에 전체적인 분위기가 어두워져 그의 유머 가득한 다른 작품들과는 사뭇 다른 느낌을 준다. 그렇다면 마크 트웨인은 왜 사탄을 작품의 중심인물로 등장시킨 것일까?

우선 작품의 배경이 중세라는 점이 중요하다. 16세기 중세 유럽의 오스트리아와 에셀도르프라는 도시는 종교적인 권위와 신앙을 바탕으로 한 사회의 모습을 드러내기에 아주 용이했을 것이다. 다시 말해, 과학과 이성보다는 미신과 광신이 중심이 되는 시대의 풍경을 보여주기 적합하다는 것이다. 또 모든 사람이 신의 존재를 인정하는 시대인 만큼, '사탄'이라는 단어 자체가 가지고 있는 부정적 이미지를 이용함과 동시에 작품 속 사탄이 일으키는 기이한 일들에 개연성을 부여할 수 있다. 작품의 표현에 따르면, 정신적·영적인 면에서 믿음의 시대인 것이다.

> 마침내 나는 용기를 내서 물었다. 대체 정체가 뭐냐고 말이다.
> "천사야." 소년은 대수롭지 않다는 듯 가볍게 대꾸했다. (중략)
> 세피가 소년에게 이름을 물었다. 그러자 소년은 '사탄'이라고 조용히 대답했다.

천사라면서 이름은 사탄이라고 소개하는 소년을 보며 테오도르와 친구들은 두려움에 휩싸인다. 어쩌면 악마가 아니라 정말 천사가 눈앞에 나타났다고 해도 같은 감정을 느꼈을 것이다. 인간의 삶에서 천사나 악마 같은 미지의 존재를 마주한다는 건 불가능한 일이기 때문이다. 그러니 천사이면서 이름이 사탄인 이 모순적인 소년은 아무 문제가 되지 않는다. 그저 인간의 앞에 기적을 보여줄 수 있는 어떤 초월적 존재가 나타났다는 사실이 중요하다.

인간의 삶을 같은 인간이 평가하는 것과 신적 존재가 평가하는 것의 무게는 당연히 다를 것이다. 전지전능하며 선악의 경계를 초월한 신적 존재가 나의 삶을 평가한다면, 절대다수의 인간이 이의를 제기하지 못하고 수용할 테니 말이다. 마크 트웨인은 이와 같은 절대적 권위를 이용하고자 사탄이라는 존재를 소설 속에서 설정했을 것이다.

신적 존재로서의 사탄은 겉으로는 소년의 모습을 하고 있지만, 인간의 개념으로 판단하거나 측정할 수 없는 존재이다. 이를 증명하듯 사탄은 테오도르와 친구들이 마음속으로 하는 생각을 읽어내고는 말한다.

"그런데 왜 내가 소년 같은 모습이냐고? 내 진짜 모습이 이렇기 때문이지. 너희가 시간이라고 부르는 건 우리에게는 훨씬 더 길거든. 천사가 성인이 되려면 아주 오랜 세월이 필요해."(성인)
"너희가 세는 식으로 말해주자면, 나는 지금 만육천 살이야."

사탄은 천사를 두려워할 필요 없다면서 손가락만 한 크기의 인간들을 뚝딱 만들어낸다. 그 난쟁이 같은 인간들은 마치 실제처럼 움직이며 일을 하기 시작했고, 곧 작고 정교한 성을 만든다. 사탄은 그 난쟁이 인간들을 지켜보면서 마음대로 옮기기도 하고, 망가진 것을 고치기도 한다. 그 모습이 마치 신과 같다. 문제는 사탄의 기분에 따라 그 작은 세상이 일방적으로 끝나버린다는 점이다.

자세히 들여다보니, 난쟁이 일꾼 중 두 명이 싸우면서 욕설을 내뱉고, 서로를 저주하고 있었다. 그러다 급기야 서로 주먹을 날리고 피가 튀는 위험한 혈투가 이어졌다. 그 순간, 사탄이 손을 뻗어 그들을 붙잡았다. 그러고는 손가락으로 가볍게 그들을 으깨어 죽인 다음 시신을 아무렇게나 휙 던져버렸다. 그러고는 손수건을 꺼내 손가락에 묻은 핏자국을 닦았다.

사탄이 만들어낸 장난감 같은 인간들이었지만, 그들이 하는 행동은 실제 사람과 다르지 않았다. 그런 그들을 아무렇지도 않게 죽여버린 뒤, 천사는 악을 저지를 수 없고 악행이 무엇인지도 모른다고 말하는 장면은 섬뜩하기까지 하다. 만약 인간을 창조한 신이 있다면, 이런 식으로 인간의 생사를 마음대로 결정해도 되는 것일까. 선악을 초월한 절대적 존재라면 무엇이든 원하는 대로 할 수 있는 것일까. 장난감이 시시해진 어린아이처럼 지진을 일으켜 수백의 난쟁이 인간들을 성과 함께 묻어버린 사탄은 대수롭지 않다는 듯 이야기한다.

"울지 마. 아무런 가치도 없는 사람들이었는걸." 사탄이 말했다.
"하지만 그들은 한순간에 지옥으로 끌려갔다고!"

"아, 그건 별로 중요하지 않아. 우리는 더 많은 사람을 언제든 만들 수 있거든."

이 소설의 사탄을 종교적인 기준으로 평가할 필요는 없다. 천사이면서 사탄이라는 인물 설정부터 이미 소설적인 장치이다. 우리가 고민해야 할 부분은 이런 내용을 통해 작가가 말하고자 하는 바가 무엇인지에 대해서다. 사탄이 자신의 손으로 만든 난쟁이 인간들을 대하는 이런 태도를, 우리는 우리 자신에게 비추어볼 수 있지 않을까.

모든 인간은 자기중심적으로 사고한다. 나를 중심으로 세상을 인식하고, 내 존재를 바탕으로 인식을 주변으로 넓혀간다. 그 과정에서 인간이 아닌 존재는 보통 염두에 두지 않는다. 길을 지나가면서 개미를 밟지 않으려 노력하지 않고, 방 안에 날아든 모기를 잡으면서 죄책감을 느끼지 않듯이 말이다. 우리가 말하는 법이나 도덕이라는 것은 같은 인간에게만 적용되는 개념일 뿐이다. 생태주의적 관점이 더욱 중요해진 시대이긴 하지만, 아직도 우리는 인간 중심적이고 인간이 우선인 삶을 살아가고 있다. 그렇다면 인간이 아닌 사탄이 인간을 대하는 태도와 우리가 주변의 인간 외 다른 생명체들을 대하는 태도는 어떻게 다른가. 이렇게 무심코 지나쳤던 사실들을 화두로 던져주는 것만으로도 이 소설은 의미가 있다.

이어 사탄의 말을 통해 우리 삶을 되돌아보면, 작품 속 여러 장면이 의미 있게 다가온다. 감옥 안이 궁금하다는 테오도르의 생각에 사탄은 감옥 안에서 고문당하는 사람의 모습을 보여주는데, 테오도르는 이를 두고 짐승 같은 짓이라며 흥분한다. 이때 사탄은 테오도르에게 이렇게 말한다.

"아니, 이건 그야말로 인간적인 짓이야. 그런 말로 함부로 짐승들을 모욕하면 안 되지. 짐승들이 왜 그런 모욕을 당해야 해?" 사탄은 말을 이었다.
"너희 구질구질한 종족은 버릇처럼 거짓말을 하는 데다 지키지도 않는 도덕을 강요해. 너희는 너희보다 훨씬 우월한 짐승들에게 도덕이 없다고 주장하지만, 사실 도덕은 짐승에게만 있지. (중략) 짐승들에게 죄라는 건 존재하지도 않아. 그저 즐기기 위해 다른 사람에게 고통을 주는 짐승을 본 적 있어? 아니, 없겠지. 오직 인간만이 그런 짓을 하니까. 대체 왜 그럴까? 그건 바로 너희의 거지 같은 그 도덕관념 때문이야!"

인간보다 짐승이 훨씬 낫다고 말하는 사탄에게 우리는 어떻게 반박할 수 있을까. 자기 이득을 취하기 위해 전쟁을 일으켜 다른 민족을 학살하고, 피부색이 다르다는 이유만으로 잔인하게 차별하고 배척하는 인간들의 모습은 확실히 짐승만도 못하다 할 만하다. 물론 억지로 나쁜 면만을 부각하려고 들면 어떤 생명체든 촘촘

한 비판의 그물망에서 자유로울 수 없겠지만, 그런 회피적 사고를 하기 전에 우리는 마크 트웨인이 사탄이라는 존재를 통해 인간에게 하고 싶었던 말을 정면으로 마주해야 할 필요가 있다. 자기 자신을 객관적으로 돌아보는 것이 자기 성찰의 시작이기 때문이다.

"도덕관념이란 바로 이런 거야. 가진 것이 많은 부자 주인은 아주 거룩하지. 하지만 그 부자 주인이 가난한 동족들에게 주는 급료는 겨우 굶어 죽지는 않을 정도뿐이야. 이들은 여름이든 겨울이든, 아침 여섯 시부터 저녁 여덟 시까지 하루 열네 시간이나 꼬박 일하는데도 말이야. 그래야 먹고살 수 있으니까. 이건 어린아이라고 해도 다르지 않지. (중략) 이 누추한 족속들이 무슨 죄를 지어서 그런 걸까? 아니야. 그럼 벌을 받을 만한 행동을 했을까? 전혀 아니지. 죄가 있다면 너희 같은 어리석은 종족으로 태어났다는 것뿐이야."

소설의 배경은 중세 유럽 사회이지만, 마크 트웨인은 살면서 보아왔던 미국의 실상을 글 속에 반영했을 것이다. 다시 말해, 결국 사탄의 입을 통해 나오는 이야기는 마크 트웨인이 당시의 미국 사람들과 미국 사회에 던졌던 통렬한 메시지라는 이야기다. 사람이 사람을 착취하고, 소수의 부자가 다수의 사람을 지배하는 사회. 민주주의라는 허울을 쓰고 있지만, 돈이 곧 계급인 사회를 보며 과거인 중세에 비해 나아진 게 없다고 생각했기 때문에 마크 트웨인은 사탄이라는 인물의 입을 빌려 이렇게 이야기했을 것이다.

　더욱 불편한 점은 마크 트웨인의 시대 이후 더욱 찬란한 문명의 혜택을 누린 우리의 모습은 과연 얼마나 달라졌을지에 대한 부분이다. 지구의 주인이라는 표현을 흔히 사용하는 우리는 지금 이상적인 도덕관념을 완성한 것일까. 신이 존재한다면, 지금의 우리를 보며 과연 흐뭇한 미소를 지을까. 마크 트웨인이 던진 질문은 오늘날의 우리에게까지 여전히 유효한 듯하다. 그래서 작품 속 사탄의 말이 더욱 무겁게 다가오는지도 모른다.

> "하지만 인간이 그저 가소롭지만은 않아. 너무나도 덧없는 인생과 너무나도 유치한 허영심, 게다가 인간의 검은 실체를 생각하면 한편으로는 불쌍하기도 해."

작품의 결말

마크 트웨인의 유고작이기도 한 이 작품은 그의 다른 대표작들과는 다르게 사회 비판적이며 인간에 대한 불신으로 가득하다. 특히 사탄이 신과 인간에 관해 이야기하는 작품의 결말 부분에서는 인간의 삶이 그저 우연한 결과물에 불과하며, 인간은 의지와 상관없이 현실에 내동댕이쳐진 존재라는 느낌마저 들게 한다.

"이제 알겠어? 꿈이 아니라면 이 모든 건 절대 있을 수 없는 일이야. 한낱 순진하고 유치한 광기에 지나지 않지. 인간의 상상력은 이게 괴물인 줄도 모르고 만들어냈어. 그건 한마디로 바보 같은 허상이고, 꿈일 뿐이야! 그리고 그 꿈을 만들어낸 사람은 바로 너 자신이고. 그게 꿈이라는 증거는 얼마든지 널렸어. 넌 그걸 좀 더 일찍 알아차려야 했어."

사탄의 말대로라면 인간이 믿는 종교, 사회, 법, 과학 등 모든 것은 그저 허상이며 꿈이다. 세상의 진리나 이상이라고 생각했던 것은 모두 주관적이고, 언제든 깨질 수 있는 사실에 불과할 뿐이다. 이를 알아채지 못하는 인간의 삶은 무지로 가득하고, 맹신의 수준에 머물 수밖에 없다. 즉 모든 인간의 삶은 노력과 별개로 어떤 의미도 없는 허무한 과정이 되는 것이다.

왜 마크 트웨인은 말년에 이런 작품을 창작하게 된 것일까? 앞서 마크 트웨인의 삶 부분에서 이야기했듯이, 사랑스러운 딸들의 죽음은 그에게 커다란 충격을 주었다. 게다가 아내까지 연이어 세상을 떠나버렸다. 사랑하는 가족을 모두 잃는 경험은 그를 견디기 힘든 극심한 우울감과 허무감으로 끌어내렸을 것이다. 또 당시 미국 사회의 인종차별, 황금만능주의, 전쟁과 학살 등 부조리와 모순으로 가득했던 현실은 그에게 세상에 대한 환멸을 느끼도록 했을 것이다. 아름답고 사랑스러운 것은 사라져버리고 더럽고 잔인한 것들만

남은 세상. 말년의 마크 트웨인의 눈에는 인간에 대한 냉소적인 시선과 함께 존재하는 모든 것에 대한 염증만이 가득했다.

  그래서였을까. 이 작품은 오랜 집필 과정을 거치면서도 제대로 완성되지 못했고, 이 때문에 내용이 조금씩 다른 여러 버전의 이야기가 존재한다. 어떤 이야기는 뚝 잘라낸 듯 끝나버리기도 하고, 또 어떤 이야기는 사탄이 소년들에게 아무 말도 남기지 않고 떠나버리기도 한다. 현재 우리가 읽는 《미스터리한 이방인》은 그의 자서전을 엮은 알버트 페인이 여러 원고를 종합해 결말 부분을 완성한 것으로, 결국 마크 트웨인이 쓰고 싶었던 결말은 아무도 알 수 없는 미스터리한 작품이 되었다.

  어쩌면 마크 트웨인이 남기고 싶었던 메시지는 결말이 없는 작품처럼 인간의 삶 역시 아무것도 알 수 없고 예측할 수도 없는 미지의 영역이라는 것이 아니었을까. 백 명의 사람에게 백 가지의 삶이 존재하듯 말이다. 이렇게 생각하면 다소 허무한 감정이 들 수도 있겠다. 하지만 이 작품을 통해 인간의 삶과 존재 이유에 대해 각자의 답을 찾아보는 시간을 가질 수 있었다면, 그걸로도 이 작품의 가치는 충분하다 하겠다.

세계문학을 읽다 16

마크 트웨인을 읽다

1판 1쇄 발행일 2025년 6월 23일

지은이 김형훈

발행인 김학원
발행처 (주)휴머니스트출판그룹
출판등록 제313-2007-000007호(2007년 1월 5일)
주소 (03991) 서울시 마포구 동교로23길 76(연남동)
전화 02-335-4422 **팩스** 02-334-3427
저자·독자 서비스 humanist@humanistbooks.com
홈페이지 www.humanistbooks.com
유튜브 youtube.com/user/humanistma
페이스북 facebook.com/hmcv2001
인스타그램 @humanist_insta

편집책임 문성환 **편집** 윤무재 **디자인** 차민지
용지 화인페이퍼 **인쇄** 청아디앤피 **제본** 민성사

ⓒ 김형훈, 2025

ISBN 979-11-7087-346-4 44800
　　　979-11-6080-836-0 (세트)

• 이 책은 저작권법에 따라 보호받는 저작물이므로 무단 전재와 무단 복제를 금합니다.
• 이 책의 전부 또는 일부를 이용하려면 반드시 저자와 (주)휴머니스트출판그룹의 동의를 받아야 합니다.